歌词三百首

甘茂华 著

北京日报出版社

图书在版编目（CIP）数据

歌词三百首 / 甘茂华著. --北京：北京日报出版社，
2018.11

ISBN 978-7-5477-3151-2

Ⅰ.①歌…　Ⅱ.①甘…　Ⅲ.①歌词集–中国–当代
Ⅳ.①I227

中国版本图书馆 CIP 数据核字（2018）第 199921 号

歌词三百首

出版发行：北京日报出版社

地　　址：北京市东城区东单三条 8–16 号东方广场东配楼四层

邮　　编：100005

电　　话：发行部：(010) 65255876

　　　　　总编室：(010) 65252135

印　　刷：成都勤德印务有限公司

经　　销：各地新华书店

版　　次：2018 年 11 月第 1 版

印　　次：2018 年 11 月第 1 次印刷

开　　本：710 毫米×1000 毫米　　1/16

印　　张：20

字　　数：357 千字

定　　价：50.00 元

目录
CONTENTS

歌香在山寨

第一辑

歌词三百首
——甘茂华歌词选集

歌美在家园
第三辑

歌词三百首
——甘茂华歌词选集

歌飞在大地
第四辑

歌唱在春天

第五辑

序 创造一种艺术美的境界

——《歌词三百首》序

雷子明

最近读到一张照片，突然拴住了我的视线：一位久经风霜的山区汉子，背着个背篓，止步于索桥之上，微笑地望着远方。头顶光秃秃的没有一根发；背篓空空的没有一棵草。他是谁？是上山采药？还是进城赶集？不得而知。幸好那副眼镜和眼镜背后的眼神告诉了我，他就是那个土生土长而身心都很少离开过山区的文化人、光头书生——甘茂华。

甘茂华，是一位优秀的跨界作家。既写小说、散文，又写歌词。而且都那么得心应手、成果丰硕。读他的散文似有旋律默默流动；读他的歌词却又是那么奔放洒脱、随心所欲、情真意切。

我喜欢他的歌词，读起来就是一种享受。

那青翠欲滴的大巴山、那清澈见底的清江、那独具风格的吊脚楼、那七彩斑斓的西兰卡普，还有那如大巴山一样粗犷的小伙和那似清江水一样秀美的幺妹……

读着读着，我就爱上了这里的山、这里的水、这里的人……

> 山里的女人火辣辣，
> 上山下河好潇洒。
> 扯起那个喉咙喊太阳，
> 喊醒了满山的杜鹃花。
> 你看那，

女人头缠长丝帕，
紧腰的围裙绣山茶。
跳的是摆手舞，唱的是哭嫁，
吃的是转转饭，
喝的是罐罐茶。
吆嗬一声喊太阳，
喊出了万把金唢呐。

你看那，
女人头戴一枝花，
满脸的春风走人家。
弯的是眉毛，
翘的是嘴巴，
笑的溜溜圆，
开的朵朵花。
做的是土铺盖，
打的是糯糍粑。
吆嗬一声唱太阳，
唱出了一个金娃娃。

山里的女人火辣辣，
日子越过越潇洒。
扯起那个喉咙喊太阳，
喊出了土家人的心里话。

——《山里的女人喊太阳》

　　词作家的眼睛与众不同。他必须是：一只眼睛注视生活，发现别人没有发现的、独具情感的、优美的歌词素材；另一只眼睛注视作曲家，选择能激发他创作欲望的、流淌旋律的形式、节奏和风格。只有这样，歌词才向歌曲迈出了一大步。甘茂华就具有这样一双特殊的眼睛。因此，歌词《山里的女人喊太阳》刚出世，即被作曲家王原平谱曲、受到多位歌手青睐、带入全国"青歌赛"并获取了大奖。

我喜欢他的歌词，读起来总有一种感动。

那"敲起琴鼓劲逮逮"的山里汉；那"八百里清江八百里歌"的土家妹；那《舍不得》土家山寨爹和娘的乡愁；那唱着歌送别老人的《撒叶儿嗬》；还有那感天动地的背山拉纤的号子……

读着读着，我就走进了土家人的生活世界和心灵世界……

…………
把大山装进背篓，
把长江扛在肩头，
背山拉纤的三峡人，
个个都是好身手。
三十里的盘山路，
磨硬了骨头；
三月三的桃花水，
赶走了忧愁……

…………
把情歌藏在山沟，
把号子送给码头，
能歌善舞的三峡人，
个个都是好歌手。
五句子的采茶歌，
酿成了美酒；
五月五的赛龙舟，
织出了锦绣……

——《三峡人》

写歌词，某种意义上讲，就是写自己。无论你写作的对象是什么？写作的内容是什么？在写作时，都是写你对它的感受与理解；情感与认同；联想与思考……因此，你对生活认识有多深，你的作品内涵就有多深。甘茂华就是这样一位善于将自己生活体验后的感动提炼到艺术的高度，然后再传递和感染所有的受众。

我喜欢他的歌词，读起来还有一种感悟。

那《梦回古茶道》上沧桑的骡队和马帮；那舍小家顾大家《背三峡》的男人和女人们；那"白天跟着太阳走／夜晚陪着月亮睡"的《青滩的姐儿叶滩的妹》……

读着读着，我就渐渐地陷入那近似原生态的情境之中，不由自主地跟着他们一起跋涉、一起呼喊、一起流汗、一起流泪、一起快乐、一起回味……

有一条古茶道穿越沧桑，
石板路写满祖先的悲壮。
麻草鞋踩出遥远的苍凉，
背篓上背起落山的夕阳。
几多骡队，几多马帮，
几多铃铛在山谷回响。

有一条渔洋河深情眺望，
苞谷酒醉倒来往的客商。
河码头见证红茶的故乡，
石拱桥驮着背脚的梦想。
几多风雨，几多渴望，
几多帆樯点亮了星光。

一串串脚印长又长，
连接异国到他乡。
一船船茶叶香又香，

香飘天涯到远方。

一首首山歌亮堂堂，
翻山过河情飞扬。
一条条汉子响铛铛，
千里万里赶太阳。

——《梦回古茶道》

歌词是共性与个性的产物。题材共性，视角个性；内容共性，感悟个性；情感共性，表达个性；所谓"情理之中，意料之外"是也。忽视个性无有新意；忽视共性不能流传。

世界是由各民族所组成，每个民族都应有一席之地。因此，反映本民族的艺术特色，才可能占据世界艺术殿堂的一席之地。从这个意义上讲："越是民族的就越是世界的。"

推而广之，就创作而言，共性是由无数个性组成。如果所写的作品无个性就会消失在共性之中。因此，越是个性的也就越是共性的。个性越强，就越能产生情感共振与心灵共鸣。

歌词应该是能唱的"诗"。它有诗的特质，但没有诗的自由。你可以要求自己：把歌词当诗来写，但不能把歌词写成了诗。因为歌词必须受到音乐的制约，只能在音乐范围内去创造一种艺术美的境界。甘茂华用实践再一次证明了这一歌词创作规律。

我喜欢他的歌词，每一首都那么接地气又接人气。当我读着他的歌词或者欣赏为他歌词所谱写的歌曲时，不仅沉浸在那美妙的氛围之中不能自拔，而且总爱好奇地琢磨着他可能的写作过程。

我想那个过程，一定是快乐而又艰辛的。"快乐"是他执着的"追求"；"艰辛"是他苦苦的"寻找"。在相同的题材中，寻找不同的立意；在相同的立意中，寻找不同的构思；在相同的构思中，寻找不同的角度；在相同的角度中，寻找不同的语言……

有了这许多的不同，自然会产生不同凡响的歌词。

　　这不也正是我和一些写歌词的人所共同的"苦乐"么？

　　以上是我读赏甘茂华这本歌词集的初略感受。

　　是为序。

2018 年 6 月 6 日于武汉

　　（雷子明　国家一级编剧，诗人、词作家。中国音乐家协会会员，湖北省作家协会理事，湖北省艺术研究所党委书记兼常务副所长、湖北省群众艺术馆馆长。历任中国音乐文学学会常务理事、主席团荣誉委员。

　　长期从事歌词创作与研究工作 50 余年。公开出版过两部诗集、四部歌词集等。部分作品曾获中宣部"五个一工程奖"、文化部"文华奖"、"群星奖"、中国音协"金钟奖"；代表作：《亲吻祖国》《我从三峡来》《长江汉江》《我哥回》《挨到起》等。）

歌 词 三 百 首

可 以 唱 的 诗　可 以 读 的 歌

甘
茂
华
歌
词
选
集

第 一 辑

○
○
●

歌 者 在 船 头

记住乡愁

诗经里有一棵美丽的杨柳，
长成了一种不老的乡愁。
是那细雨的清明，
还是月亮的中秋，
我们一起举头，
我们一起等候。
问父老乡亲，
为何把一方水土生死相守？
哦，乡愁啊乡愁，
那是一片村落，映照满天星斗。

唐诗里有一壶葡萄美酒，
酿出了一种醉人的乡愁。
是那故乡的三月三，
还是他乡的九月九，
我们一起分忧，
我们一起享受。
问远方游子，
为何把一捧黄土贴在胸口？
哦，乡愁啊乡愁，
那是一条龙脉，连接万里神州。

记住乡愁，记住乡愁，
记住岁月带不走，世代相传写春秋。
记住乡愁，记住乡愁，
记住千秋家国梦，青山不老水长流。

三峡人

把大山装进背篓，
把长江扛在肩头，
背山拉纤的三峡人，
个个都是好身手。
三十里的盘山路，
磨硬了骨头；
三月三的桃花水，
赶走了忧愁。
吊脚楼的炊烟
温暖了冬夏春秋；
三峡人的故事，
讲述着天长地久。

把情歌藏在山沟，
把号子送给码头，
能歌善舞的三峡人，
个个都是好歌手。
五句子的采茶歌，
酿成了美酒；
五月五的赛龙舟，
织成了锦绣。
山坡上的锣鼓，
点燃了日月星斗；
三峡人的岁月，
舞动着峡江风流。

长江情怀

日月经天，江河行地。
大江东去，山河壮丽。
阳光下奔流着金涛万叠，
涛声里飘过五千年风雨。
因为有你，因为懂你，
踏着祖先的脚步前赴后继。
你是奔腾不息的生命之河，
唱响了古老的东方神曲。

比长江更宽广的是人的胸怀，
比长江更深沉的是爱的情意。
人与长江和谐共居，
大国重器掌握在自己手里。
大河的涛声响彻环宇，
长江的情怀襟阔万里。

日月精华，气贯天地。
着眼长远，胸怀大局。
汇百流纳千溪万种风情，
岁月中画出最美的流域。
因为有你，因为爱你，
人类文明的火炬高高举起。
书写万古不朽的生命之诗，
见证了新时代人间奇迹。

比长江更宽广的是人的胸怀，
比长江更深沉的是爱的情意。
黄鹤归来芳草萋萋，
绿色诗意母亲河永葆活力。
为了中华民族美好未来，
长江的情怀拥抱天地。

太阳升起来

太阳升起来哦，照亮一条大河。
浪花笑起来哦，笑红太阳酒窝。
青山一座连一座，
讲述祖先的嘱托。
春江一波接一波，
吟唱后人的承诺。
清粼粼的水来蓝莹莹的天，
晴朗朗的家园春花秋果。

太阳升起来哦，照亮岁月长河。
涛声唱起来哦，唱红天上云朵。
白鹭一只又一只，
飞过两岸的山坡。
绿树一棵又一棵，
守护人间的烟火。
金灿灿的阳光暖融融的风，
母亲河的乳汁从心里流过。

太阳升起来，胸怀更壮阔。
太阳升起来，梦想更执着。
沿着河走就是回家的路，
大河奔流就是春天的歌。

月落长江

月落长江捧起桔的清香，
月落长江飘出茶的芬芳。
她在两岸灯火中悠悠荡荡，
她在亲人祝福中一路歌唱。
啊，
沐浴月光聆听母亲的心房，
乡愁不老流走岁月沧桑。

月落长江透出梦的暗香，
月落长江托起心的念想。
她在一江春水中清清爽爽，
她在万家团圆中收割光芒。
啊，
月光滋润留下多情的目光，
大江东去流向诗和远方。

月落长江啊月落长江，
落下来一个干净的月亮。
青山绿水告别了忧伤，
一江清水世代流长。

月落长江啊月落长江，
江水清亮啊万里月光。
守护母亲河安宁吉祥，
祝福母亲河大爱无疆。

追梦在三峡

听过你的船工号子，
总是想起岁月如歌。
那飘向天际的白帆，
可是古人远飞的白鹤？
走进你的山上人家，
总是想起千年的香火。
那告别白帝的彩云，
可是诗人点燃的花朵？
屈原在三峡啊诗歌流成河，
昭君去塞北啊香溪故事多。
长江是一条追梦的河，
我迷恋你那古老的传说。

读过你的巫山云雨，
总是想起爱的承诺。
那点亮峡江的航标，
可是神女送来的秋波？
见证你的沧海桑田，
总是想起春的蓬勃。
那回响峡谷的汽笛，
可是纤夫唱响的山歌？
两岸稻花香啊桔树结硕果，
高峡出平湖啊船队如穿梭。
三峡是一首追梦的歌，
我拥抱你那壮丽的山河！

三峡茶歌

红艳艳桃花把村寨装扮，
三峡的茶歌九里十八湾。
采茶的幺妹收获春天的温暖，
吊脚楼的炊烟诉说缠绵。
长辫子幺妹要上山下滩，
哥哥的龙船送你到对岸。
满船的茶香摇动多情的岁月，
土家妹的歌谣梦在江南。

十八岁姑娘越变越好看，
就像四月天的鲜花挺灿烂。
听三峡茶歌也能把你醉翻，
装茶叶的背篓就是酒坛。

十八岁姑娘越变越好看，
就像月光下的翠竹挺浪漫。
看锦绣茶园她要留你作伴，
三峡人的情怀山高水宽。

西陵峡口唱茶歌

青翠的茶园把山乡装扮，
绿色的梯田擦亮了天边。
采茶人收获春天的温暖，
多情的茶叶诉说着缠绵。
西陵峡口唱茶歌，
飘过九十九道湾。
茶净心静情更近，
山风把茶歌送到对岸。

青葱的岁月有青春作伴，
金色的年华照亮了茶园。
小背篓就是茶山的酒坛，
多情的茶歌能把你醉翻。
西陵峡口唱茶歌，
翻过九十九座山。
茶净心静情更近，
茶人的情怀山高水宽。

我们唱啊唱啊唱得阳光灿烂，
茶歌传遍北国江南。
我们唱啊唱啊唱得月光浪漫，
茶人年年播种春天！

三峡船工谣

是谁把梦洒在江上，
是谁把歌装在船舱，
是谁把路交给风浪，
是谁把家留给月光。
唱起船工谣啊渔歌十里香，
唱起船工谣啊幸福就像花儿开放。

是谁把云铺在江上，
是谁把网撒在天堂，
是谁把爱种在家乡，
是谁把心捧给姑娘。
唱起船工谣啊江鸥齐飞翔，
唱起船工谣啊爱情就像初升的太阳。

三峡桡夫子

三峡桡夫子爱唱歌，
一声号子打过河。
号子绕成金丝线，
拴住太阳不许落。

三峡桡夫子爱唱歌，
扯起嗓子撩哪个？
小妹有话又不说，
莫叫哥哥背等驼。

三峡桡夫子爱唱歌，
歌是水来歌是火。
夏天唱歌好凉快，
冬天唱歌好暖和。

三峡桡夫子爱唱歌，
唱得长河涌春波。
踏浪勇作弄潮儿，
跟着日月不转舵。

扛码头的汉子

生在峡江，长在峡江，
酸甜苦辣都在肩膀上。
扛码头的汉子喉咙痒，
喊一声号子就装满了舱。
清早喊得太阳红，
夜晚喊出个弯月亮。
脚茧磨得铜钱厚，
踩平人间风和浪。

生在峡江，长在峡江，
摸爬滚打都在码头上。
扛码头的汉子铁肩膀，
挑一根扁担就压住了浪。
一头挑起一船货，
一头挑起一条江。
蓝布搭肩六尺长，
挽起天下风和浪。

挑的挑来扛的扛，
杠子麻绳加箩筐。
肩膀磨掉千层皮，
扛起码头显风光。
喊一声伙计亲又亲，
喊一声号子浪赶浪！

不怕汗水湿衣裳，
不怕老天下寒霜。
身子就是撑天柱，
号子响在浪尖上。
喊一声伙计春雷响，
满船霞光满船香！

巴山烟雨

濛濛的细雨写下诗篇，
飘飘的云雾收藏思念，
巴山那个烟雨打湿了船，
江水摇曳描出一幅画卷。

深深的相思诉说缠绵，
甜甜的山歌编织雨帘，
巴山那个烟雨望穿了眼，
秋风漫漫染出红叶满山。

总是看不够景在山水间，
总是唱不够爱在心里边。
透过船能听见江风弄琴弦，
烟雨中最适合温馨的相恋。

巴山恋歌

一条天河从人间流过，
巴山楚水开满天堂的花朵。
剪一段古老的云雨，
留下五千年传说；
划一只端午的龙舟，
寻找远流的诗歌。
霞光是太阳开出的花朵，
渔火是月亮传送的秋波。
太阳和月亮穿梭走过，
把你编织成美丽的传说。

一个神话在人间飘落，
巴山烟雨吟唱缠绵的情歌。
唱一段纤夫的爱情，
点亮十八湾灯火；
讲一个山寨的故事，
铭刻青春的寄托。
云雾是峡谷相思的寂寞，
涛声是峡江坚守的承诺。
云雾和涛声牵手走过，
把你谱写成深情的恋歌。

啊！难忘岁月蹉跎，
你就是我的生命长河。
啊！永远相亲相爱，
你就是我的巴山恋歌。

巫山神女

巫山项上云雾缭绕，
神女的头巾在风中飘扬。
她举起手臂等待情郎，
盼望日出沐浴万道霞光。

纤夫远去凌波踢浪，
神女的双眼望穿峡江。
她一等就是千年时光，
风雨里站成了一座雕像。

神女的手撒下爱的月光，
神女的眼追随爱的方向。
每当我走过你的身旁，
我总是热血奔流爱得滚烫。

神女的心捧出爱的芬芳，
神女的歌唱出爱的忧伤。
每当我追赶诗和远方，
我总是满腔痴情让爱飞翔。

三峡竹海

三峡竹海在风中荡漾，
绿色云雾在梦里流淌。
撑起竹筏描画出竹乡的风光，
留一串情歌弥漫着竹叶的清香。
啊！香妃竹映照着夕阳，
凤尾竹沐浴着月光。
太阳和月亮把生命照亮，
亲不够呀，这如诗如画的地方。

三峡竹海在月下吟唱，
金色岁月在歌中绽放。
吹起竹笛让旋律攀登到山岗，
洒一片真情抚摸着竹林的心房。
啊！五叠水牵动着情肠，
彩虹桥连接着家乡。
小桥和流水把爱情怀想，
爱不完呀，这魂牵梦绕的地方。

三峡劲松

几度春夏，几度秋冬，
你是三峡的一棵劲松。
铁骨铮铮挡风雨，
乱云飞渡仍从容。
不怕刀锋，不怕雷轰，
不怕牺牲气如虹。
顽强拼搏傲江湖，
舍生取义照长空。
金色盾牌闪耀着金色年华，
忠诚卫士守护着万紫千红。

爱在江河，爱在山峰，
你是三峡的一棵劲松。
顶天立地扎深根，
枝繁叶茂搭凉棚。
几多温暖，几多笑容，
几多歌声风雪中。
无私奉献如泉涌，
心系民生情更浓。
金色盾牌闪耀着金色阳光，
英雄本色呼唤着人间春风。

三峡人家（三首）

三峡最美的地方

三峡人家哟我的家乡，
长江三峡最美的地方。
一湾溪水嗓子清亮，
童年的歌谣山谷回响。
一座廊桥敞开胸膛，
古老的故事冬暖夏凉。
一座栈道把往事怀想，
风吹着竹林思绪悠扬。
一张张白帆把风流鼓荡，
船工的号子飘向远方。

三峡人家哟我的天堂，
长江三峡最美的地方。
一座古堡岁月沧桑，
爱情的传说山高水长。
一个山寨古色古香，
土家的日子春来秋往。
一首情歌喊得山响，
幺妹的眼睛牵动情肠。
一座座吊脚楼把风情荡漾，
梦里的老家就在身旁。

白天爱的是这里的风光，
夜晚爱的是这里的梦乡，
男人爱的是这里的月亮，

女人爱的是这里的太阳。
三峡人家哟三峡人家，
长江三峡最美的地方！

三峡人家我爱你

无论春季还是秋季，
三峡人家总是这样美丽。
山的厚重水的温馨，
山水拥抱着晚霞晨曦。
岸边的白帆牵动着遥远回忆，
古老的栈道飘来了花香鸟语。
船头上站着一个红衣少女，
小背篓装满了爱情的甜蜜。
来了这里就不想回去，
三峡人家呀我爱你！

无论天晴还是下雨，
三峡人家总是这样神奇。
歌的美妙舞的痴情，
歌舞缭绕着诗情画意。
拉纤的号子激荡着英雄豪气，
山上的老寨送来了弦歌牧笛。
明月湾唱着一支远古神曲，
老街上珍藏着岁月的秘密。
来了这里就不想回去，
三峡人家呀我爱你！

回家就回三峡人家

谁把天上人家嫁到长江三峡，
谁把长江三峡变成梦里老家，
三峡人家美得叫人说不出话，
她就是天上人间的一个神话。
山是这样伟岸，水是这样优雅，

洞是这样质朴，瀑是这样风华。
回家吧，回家就回梦里老家；
回家吧，回家就回三峡人家。

谁把千朵绣球抛在吊脚楼下，
谁把万盏红灯挂在桔树枝丫，
三峡人家美得叫人风流潇洒，
她就是男人女人的一段情话。
春是一首民歌，夏是一幅年画，
秋是一身红妆，冬是一套婚纱。
爱她吧，爱情就在梦里老家；
爱她吧，爱情就在三峡人家。

三峡风

三峡风，三峡风，
春天的风，生命的风。
吹得高山青，吹得太阳红。
把水吹出黄金路，
把人吹得诗兴浓。
风吹峡江星光动，
一江春水永向东。

三峡风，三峡风，
秋天的风，多情的风。
吹得星光亮，吹得月朦胧。
把山吹出十八弯，
把帆吹成一把弓。
风吹桔树点灯笼，
无限风光在险峰。

三峡风，三峡风，
风如歌，风如梦。
走过春夏又秋冬，
唱响东西南北中。

三峡奇石歌

说三峡，道三峡，
三峡的奇石人人夸。
屈原问天我问石，
诗情画意作回答。
为什么石头会唱歌？
船工号子响天涯。
为什么石头会说话？
历经千年把根扎。
风吹来，浪打来，
风浪刻成一幅画。
春夏秋冬来复去，
三峡奇石放光华！

说三峡，道三峡，
三峡的奇石来头大。
昆仑雪山是娘家，
大河小溪作陪嫁。
为什么石头知音多？
高山流水传佳话。
为什么石头会开花？
春兰秋菊映彩霞。
生在山，长在水，
山水养成一朵花。
大江东去浪淘沙，
三峡奇石美天下！

壮丽大三峡

百年梦想千年神话，
岁月中崛起新的三峡。
百舸争流千帆竞发，
峡江渔歌唱响海角天涯。

壮丽的大三峡春天盛开的花，
山也青水也绿开园采新茶。
壮丽的大三峡夏天铺开的画，
坝也雄灯也亮上下过船闸。
壮丽的大三峡秋天染红的霞，
桔也香鱼也肥美酒醉三峡。
壮丽的大三峡冬天温暖的家，
歌也甜舞也美梦里回老家。

新的诗篇新的三峡，
青春作伴锦绣年华。
大江东去浪淘沙，
盛世峡江美如画。

盛世峡江

这里的山，测量生命的厚重。
这里的水，滋润心灵的感动。
这里的路，丈量青春的长度。
这里的桥，连接爱情的彩虹。
这里的春，抚摸人生的轻风。
这里的夏，闪耀激情的星空。
这里的秋，丰收时节的灯笼。
这里的冬，雪落长江的从容。

男人女人，在这里海誓山盟。
金梭银梭，在这里日夜互动。
诗情画意，在这里织锦刺绣。
盛世峡江，在这里舞凤腾龙。
三峡三峡，千年神话百年梦。
三峡三峡，装点神州太阳红。

登上高高的坛子岭

登上高高的坛子岭，
长江滚滚入胸襟。
唱起三峡的船工调，
高山流水有知音。

驱散那古峡迷雾，
放飞那四方雄鹰。
呼唤那八面来风，
踏平那波涛万顷。
筑起那水上长城，
造福那万代子孙。

捧出那太阳月亮，
摘下那满天明星。
摇响那八宝铜铃，
引来那孔雀开屏。
栽下那一棵大树，
留下那万古长青。

登上高高的坛子岭，
高峡平湖气象新。
唱起三峡的船工调，
走进明天的好风景。

背三峡

一根楠竹八丈八，
编个背篓背三峡。
三峡儿女情意长，
背起家园走天下。

男人身背一百八，
紧身的腰带打疙瘩。
背的一座山，背的一个家，
背走一江雾，背来一江霞。
背了老家背新家，
背出来长江第一坝。

女人身背万朵霞，
光光的脚板不打滑。
背的一块砖，背的一片瓦，
背来一江酒，背来一江茶。
舍了小家为大家，
背出来一个大三峡。

一根楠竹八丈八，
编个背篓背三峡。
三峡儿女情意长，
背起家园唱天涯。

青滩的姐儿叶滩的妹

青滩的姐儿叶滩的妹，
三峡的姑娘最有味。
不打粉来不描眉，
岩缝缝的花朵自然美。
背篓背过巫山云，
脚板踩过香溪水。
白天跟着太阳走，
夜晚陪着月亮睡。

青滩的姐儿叶滩的妹，
三峡的姑娘最有味。
会动手来会动嘴，
粗的细的般般会。
桡片劈开巴山路，
竹篙引来春江水。
甩一串汗珠唱船歌，
踏着晚霞把家归。

青滩的姐儿叶滩的妹，
三峡的姑娘最有味。
岩缝缝的花朵红艳艳，
满江春光惹人醉。

金秭归，银秭归

金酒杯，银酒杯，
十杯美酒唱秭归。
五月端午赛龙舟，
十月脐橙鲜又美。
秭归的姑娘最标致，
背过几多山和水。
男人敢把太阳追，
九龙奔江显神威！

金秭归，银秭归，
高峡平湖树丰碑。
唢呐子吹出映山红，
船工号子响春雷。
秭归的花鼓最有味，
风情万种惹人醉。
山歌喊醒桃花水，
百凤朝阳展翅飞！

三峡秭归我的家

三峡景中景，
秭归画中画。
屈原故乡传新风，
脐橙之乡飘彩霞。
水向天际流，
山在云中插。
一梢扳上西陵峡，
扳出了遍地端阳花。

高峡出平湖，
秭归第一家。
船工号子震天地，
花鼓美名传天涯。
男人敢闯滩，
女人会当家。
一声高腔过三峡，
挽起了长江走天下！

屈原故里赛龙舟

新打的龙船九道舱，
五月初五闹端阳。
屈原故里赛龙舟，
打鼓划船过长江。

十八个汉子十八把桨，
十八声号子震山岗。
喊低腔，喊高腔，
喊得那峡江滋滋儿的痒。
前三桨，后三桨，
九龙滩上再三桨。
穿过风来闯过浪，
划出个日头高万丈。

十八个水手十八个将，
十八只凤凰扇翅膀。
金翅膀，银翅膀，
扇得那峡江一坨坨的浪。
左三桨，右三桨，
屈原沱上再三桨。
火气好来豪气壮，
夺得个头名硬梆梆！

五月的粽子格外香，
家家门前挂艾香。
屈原故里赛龙舟，
打鼓划船唱端阳。

邀你到秭归

美丽西陵峡，秭归是我家。
高峡出平湖，吹响金唢呐。

一开门就看见三峡大坝，
一推窗就抓来白云一把，
一开口就唱起船工号子，
一抬脚就走进屈原老家。
太阳石留下千古神话，
你看那锦绣山川——
处处是歌，处处是画。

一开春就红了坡上坡下，
一上山就采来青青嫩茶，
一立秋就收获满山柑橘，
一下河就把那乡愁牵挂。
大端午赛龙舟金戈铁马，
你看那秭归儿女——
千种激情，万般风华。

世界那么大，海角连天涯。
邀你到秭归，看看我的家。
世界那么大，晨曦到晚霞。
邀你到秭归，看看我的家。

敲起琴鼓劲逮逮

杨柳琴鼓敲起来吔，
劲呀么劲逮逮！

山里汉，敞开怀，
敲起琴鼓劲逮逮。
琴鼓就是那烧春的火，
雷打一声天地开。
敲得腰杆子挺起来，
敢把十万座大山抬。
敲得脚板板硬起来，
十八弯山路脚不歪。

山里汉，站成排，
敲起琴鼓劲逮逮。
琴鼓就是那开怀的酒，
醉死哒不用黄土埋。
敲得唢呐子吹起来，
吹出十二床花铺盖。
敲得花轿子抬起来，
喊一声山歌把路开。
敲得交杯酒喝起来，
生生死死抱在怀。
今年把幺妹接回家，
明年生一对龙凤胎。

杨柳琴鼓敲起来吔，
劲呀么劲逮逮！

说明：劲逮逮：鄂西山区方言，劲鼓鼓，浑身是劲的意思。逮，读作 dǎi。千丈岩：地名，鄂西山区方言，岩读作 āi，同爱音。醉死哒：鄂西山区方言，醉死了。

魅力九畹溪

九条溪水流成河，
一座古镇唱新歌。
仙女山留下多少故事，
干溪沟收藏多少传说。
峡谷漂流飞出浪花朵朵，
九畹溪总是从我的梦中流过。
太阳和月亮在这里穿梭，
高山和流水在这里集合，
屈原在这里开坛讲学，
梦想在这里上下求索。

天上神仙九把梭，
织出画中山窝窝。
丝棉茶唤起多少乡愁，
乡村游带来多少欢乐。
土家风情点亮人间灯火，
九畹溪总是在对我悠悠诉说。
春花和秋月在这里交错，
清风和石林在这里会合，
我们在这里相亲相爱，
幸福在这里开花结果。

啊，只要我走进九畹溪，
心中的爱就大气磅礴。
只要我走进九畹溪，
心中的太阳就永远不落。

我爱九畹溪

偏偏喜欢你，我的九畹溪。
山路九道弯，处处有诗意。
仙女山的传说藏在云雾里，
九畹溪的故事写在浪花里，
干溪沟梦中牵来春风秋雨，
峡谷漂流带给你满怀惊喜。

偏偏喜欢你，我的九畹溪。
人间桃花源，美丽又神奇。
香香的丝棉茶暖在心里，
山里的乡村游醉在画里，
屈原开坛讲学情怀天地，
花桥土家遍地是风情洋溢。

我爱九畹溪山水的灵气，
我爱九畹溪迷人的魅力。
我把最美的梦留在这里，
我把永恒的爱唱给九畹溪。

凤凰山上

凤凰山上是谁在放飞凤凰，
屈原故里是谁在吟唱诗章，
龙舟鼓响是谁在招魂划桨，
九龙奔江是谁在千秋流香。

凤凰展翅那是楚辞在飞翔，
天问九章那是日月在争光，
新滩民居那是岁月在留芳，
高峡平湖那是诗魂在浩荡。

啊，屈原灿烂了五千年时光，
火光中又飞出再生的凤凰。
子规声声呼唤着春天的气象，
让那诗的花朵拥抱诗人的故乡。

情怀诗祖

五月五过端午龙舟竞渡，
做粽子挂菖蒲怀念诗祖。
一声声招魂曲擂响金鼓，
一年年相思情倾吐祝福。
屈原的子孙自有屈原的风骨，
上下求索穿越那漫漫长路。

唱九歌颂离骚情系千古，
悬艾草戴香袋怀念诗祖。
一杯杯雄黄酒清除毒素，
一篇篇丹心谱照亮宏图。
屈原的子孙自有屈原的抱负，
民族复兴阔步那万里征途。

魂兮归来

雪白的栀子花散发清香，
千年的艾叶就挂在门上。
那是一颗纯洁无瑕的灵魂，
穿越远古回到了家乡。

粽子的情思悠远绵长，
投到江里就掀起巨浪。
那是一个诗人不屈的呐喊，
龙舟鼓响敲醒了希望。

《天问》在江水里天天流淌，
《橘颂》在山坡上年年茁壮，
《离骚》在菖蒲中历经沧桑，
《九歌》在天地间孤独吟唱。

江风在峡谷里呼呼激荡，
浪花在黑夜中闪闪发光，
冷雨撕碎了梦幻的衣裳，
渔火点燃了受伤的月亮。

魂兮归来，魂兮归来，
你的故乡，你的长江。
魂兮归来，魂兮归来，
我的诗人，我的太阳。

为屈姑歌唱

你是一棵柑橘树，
挂满了怀念和远方。
你是一盏红灯笼，
照亮了归路和峡江。
你是一只子规鸟，
招魂的深情在回荡。
你是一朵兰草花，
守望的岁月在绽放。

啊，屈姑啊屈姑，
你是美丽贤慧的姑娘！
看见你站在龙船上，
秀发在风中飘扬。
喊一声哥哟回故乡，
你就喊出了一个大端阳。

你是一篇抒情诗，
写出了橘颂追春光。
你是一幅风景画，
画出了柑橘在歌唱。
你是一首祝酒歌，
幸福的传承滋味长。
你是一轮圆月亮，
家国的情怀放光芒。

啊，屈姑啊屈姑，
你是勤劳善良的姑娘！
看见你走向世界各地，
清泉在眼里流淌。
喊一声乡亲哟奔梦想，
你就喊出了一个新橘乡。

歌唱链子崖

新滩南岸链子崖，
风流古今不平凡。
归乡寺，巴巫寨，
古栈道，招魂台。
祈祷山川设祭台，
踏平波涛过险关。
把过去的歌谣留给过去，
让壮丽的风景世代流传。

风流古今链子崖，
回首往事不平坦。
山神像，夫妻岩，
望江亭，古悬棺。
铁锚锁住崩滩石，
高峡平湖绿家园。
把昨天的故事留给昨天，
让幸福的生活世代相传。

啊，链子崖，
美丽的链子崖！
啊，链子崖，
神奇的链子崖！
一江春水化甘泉，
云开雾散霞满天。
链子崖上看三峡，
无限风光在人间。

美丽的兴山我的家

绿悠悠的垂柳红艳艳的花，
美丽的兴山我的家。
昭君广场飘彩霞，
夜来灯火照万家。
说不完的乡情土话，
看不尽的秋月春花。
崛起的山城哟，
和谐的家园美如画。
奔流的香溪河，
歌唱兴山好年华！

金灿灿的阳光暖融融的家，
美丽的兴山天地大。
昭君美名传天下，
围鼓花鼓伴唢呐。
唱不完的古今上下，
说不尽的三峡文化。
纵横的大路哟，
连接着海角天涯。
美丽的兴山城，
一颗明珠照三峡！

情系昭君村

喝一杯昭君故里的美酒，
梦乡就有了香溪的滋味。
不知是花香的醉，
还是酒香的醉，
昭君村姑娘的酒窝，
总是照亮我的心扉。
从此我的每个记忆，
一半在村头，一半在村尾；
从此我的每次旅程，
一半在期待，一半在追随。

唱一回昭君故里的情歌，
春天就给了无数的机会。
不知是昭君的姐，
还是昭君的妹，
桃花中扭动的细腰，
让人总想浪漫一回。
从此我的每个传说，
一半在高山，一半在流水；
从此我的每个故事，
一半是暗恋，一半是明媚。

别管它岁月匆匆如流水，
树上的鸟儿总是成双对。
相思的情歌总会绽放花蕾，
我心中的昭君会越来越美。

香溪美哟香溪香

九十九里香溪九十九里香，
九十九滩风光九十九滩亮。
流水清悠悠，石头油光光，
岸边山连山，河里浪打浪。
满坡柑橘羊儿壮，两岸水田好栽秧。
喊一声香溪美哟香溪香，
九十九滩下长江！

九十九里香溪九十九里香，
九十九滩风光九十九滩亮。
围鼓咚咚响，山歌亮堂堂，
女人爱唱歌，男人爱赶仗。
薅草锣鼓震山岗，昭君故里美名扬。
唱一声香溪美哟香溪香，
九十九滩上天堂！

同唱一首昭君歌

香溪河，美女河，
日夜流淌着美丽的传说。
昭君一条绿飘带，
从古到今故事多。
一头栓住故乡的童谣，
一头牵来草原的牧歌。
民族和亲走大漠，
留下来一串串脚窝。

香溪河，美女河，
日夜流淌着美丽的情歌。
楠木井水洗衣裳，
宝坪村里故事多。
一头敲响神农的梆鼓，
一头唱响三峡的壮歌。
沧海桑田大变迁，
开出来一片片花朵。

香溪后浪推前浪，
美女一个赛一个。
一方水土一方人，
同唱一首昭君歌。

香溪情歌

清悠悠的香溪日夜流淌，
两岸浮动着花儿的暗香。
昭君的后代美丽又大方，
古老的情歌在河边传唱。

唱一段山歌就升起太阳，
弹一曲琵琶就洒落月光，
放一盏河灯就漂流梦想，
撒一把桃花就春情荡漾。

对一回眼神就有了力量，
露一朵笑容就长了翅膀，
疼一个女人就有了爱情，
坐一次花轿就上了天堂。

清悠悠的香溪日夜流淌，
油菜花把情歌染成金黄。
香溪的女人沐浴着芬芳，
爱如山情如水地久天长。

扎河灯

扎河灯啰扎河灯，
扎起河灯想亲人。

清风吹过金竹林，
枝枝翠来叶叶青。
采来金竹破成篾，
姐妹忙着扎河灯。
扎呀扎，扎出了昭君的眼神；
扎呀扎，扎不完昭君的歌声。
扎一朵莲花顺风漂，
河灯照亮你赶路程。

香溪金竹根连根，
水悠悠来情深深。
金竹是你当年栽，
如今姐妹长成人。
扎呀扎，扎出了昭君的身影；
扎呀扎，扎不完昭君的亲情。
点一盏宝灯过长江，
河灯照亮你回家门。

扎河灯啰扎河灯，
月光遍地是歌声。

桂花树

你家住在观音峡，
门口有一树金桂花。
我走过去了又走过来，
总想跟你说一句话。
你的脸好像春天的山茶，
你的笑就是冬天的梅花。
你的眼睛对我眨一眨，
阳光灿烂照亮了天涯。

我天天想去观音峡，
看看那一棵金桂花。
我等了一年又一年，
终于把你娶回了家。
你的歌就是出门的陪嫁，
你的舞就是追梦的潇洒。
你的嫁衣红得像朝霞，
点燃峡江照亮了人家。

观音峡有我的观音菩萨，
桂花树有我的爱情密码。
自从金唢呐吹开了桂花，
她香了春秋又香了冬夏。

琵琶弦上

你弹着琵琶离开家乡，
琵琶弦上把爱珍藏。
香溪河穿上爱的衣裳，
望乡台遮不住爱的目光。
你是中秋诞生的月亮，
照亮了家乡照亮了边疆。

你弹着琵琶走向远方，
琵琶弦上把梦向往。
蒙古包就是你梦的诗章，
大草原就是你梦的牧场。
你是一只白鸽展翅飞翔，
带来了梦想带来了吉祥。

琵琶弦上有父亲的沧桑，
琵琶弦上有母亲的乳香，
琵琶弦上有天赐的故乡，
琵琶弦上有玫瑰的铿锵。
美丽的故事如江河流淌，
美丽的旋律永远把你歌唱。

爽就朝天吼

登上橡皮艇，豪气冲云斗。
漂流跟我走，爽就朝天吼。
漂就漂它个虎跳滩，
漂就漂它个龙抬头。
推上浪峰不发狂，
跌落低谷不退后。
大起大落只等闲，
边走边唱显风流。

女人气昂昂，男人雄赳赳。
漂流跟我走，爽就朝天吼。
漂就漂它个神仙乐，
漂就漂它个鬼见愁。
涛声好比雷打鼓，
漩流好比连环扣。
凌波踢浪闯关口，
敢爱敢拼才风流。

朋友啊朋友，
人生路上手牵手。
漂流跟我走，
爽了你就朝天吼！

最爱是夷陵

三峡有个西陵峡，
峡中有座夷陵城。
山也绿，水也清，
头枕长江波涛声。
醉翁在此做县令，
风流从古说到今。
多少故事和传说，
地灵人杰有传人。
啊！
人说三峡天下壮，
我最爱的是夷陵。

夷陵的山会唱歌，
夷陵的水解风情。
景也秀，人也亲，
和谐家园好温馨。
茶山开园牵白云，
柑桔结果挂红灯。
这方水土宝藏多，
沧海桑田传文明。
啊！
人说西陵天下佳，
我最爱的是夷陵。

这是一个好地方

有一个地方四季飘香，
她就在长江三峡边上。
春天茶香唤醒了布谷，
夏天稻香灌醉了山乡，
秋天桔香在风中流淌，
冬天梅香在雪中歌唱。
这是一个好地方，
四季飘香好风光。
这是一个好地方，
三峡夷陵我的家乡我的天堂。

有一个地方山高水长，
她就在长江三峡边上。
背山汉子背圆了太阳，
采茶姑娘采弯了月亮，
山风吹走了昨天的忧伤，
江水洗亮了明天的梦想。
这是一个好地方，
山高水长好风光。
这是一个好地方，
三峡夷陵我的家乡我的天堂。

请你走进我的家

远方的客人来三峡，
请你走进我的家。
峡江的姐儿最好客，
请你喝杯毛尖茶。
西陵山水天下美，
夷陵茶香飘天下。

远方的客人来三峡，
请你走进我的家。
峡江的姐儿最好看，
搓根红绳把头扎。
大红灯笼高高挂，
柑子桔子满枝桠。

远方的客人来三峡，
请你走进我的家。
峡江的姐儿最多情，
山歌开春又发芽。
酒乡的美酒待贵客，
醉在三峡梦三峡。

爱上官庄

天上有个天堂，
地上有个官庄。
天上人间一个样，
好山好水好风光。

古老的传说在官庄流淌，
梦里的山水抱着梦里的家乡。
一条彩道穿越了岁月沧桑，
万朵朝霞喊醒了雕花的门窗。
你看那官庄水库碧波荡漾，
清清的流水摇出了四季花香。

春天的故事在官庄生长，
和谐的家园绽放和谐的梦想。
一路阳光照亮了男人的向往，
万紫千红灿烂了官庄的姑娘。
你看那满山柑桔映红峡江，
红红的灯笼陶醉了幸福时光。

天上有个天堂，
地上有个官庄。
天上人间一个样，
爱上官庄好风光。

情系百里荒

这里是离天很近的地方，
摘得到星星，摸得着月亮。
高山草原云海风光，
林海松涛荡气回肠。
晚霞落在肩膀上，
风吹草低见牛羊。
风车转呀转，喊醒了太阳，
踏着白云就走进了天堂。

这里是梦得很远的地方，
纯美的故事，浪漫的时光。
山楂开花挂满回想，
清风多情抚平沧桑。
云中花朵摇铃铛，
满山情歌满山香。
马儿跑呀跑，追赶着梦想，
抱着月亮就回到了故乡。

啊，我们在牧场放声歌唱，
歌唱青春的神采飞扬。
离离原上草，亲亲百里荒。
太阳天天新，每天不一样。

啊，我们在山顶唱了又唱，
歌唱爱情的美丽星光。
情定山楂树，相约百里荒。
相亲又相爱，地久又天长。

同唱一首三峡的歌

唤醒千座山汇集万条河，
高峡出平湖唱响一首歌。
十八弯的山路我们用脚板量过，
每条路上都开满了春天的花朵。
九连环的大河我们用纤绳背过，
每条河流都结出了秋天的硕果。
三峡的山水我们一起走过，
我们同唱一首三峡的歌。

踏平千重浪推开万顷波，
高峡出平湖唱响一首歌。
山寨里的故事我们用背篓背过，
每个故事都点亮了岁月的灯火。
大坝上的壮歌我们用心血唱过，
每首歌都汇入了时代的长河。
三峡的家园我们用双手开拓，
我们同唱一首三峡的歌。

歌 词 三 百 首

可以唱的诗　可以读的歌

甘茂华歌词选集

第 二 辑

○○
●

歌 香 在 山 寨

惹巴拉

白云深处那是谁的家，
山上山下那是谁的茶，
炊烟袅袅那是谁的画，
谁家的火塘烧红了晚霞。

谁的姑娘开成一朵花，
谁的茶园为她当陪嫁，
谁的茶歌年年发新芽，
谁家的茶香翻过了山垭。

惹巴拉，惹巴拉，
我的茶乡惹巴拉。
茶林拥抱着青砖黛瓦，
山脚下就是梦里老家。

惹巴拉，惹巴拉，
我的茶乡惹巴拉。
茶歌收藏着青梅竹马，
一开口就要把心留下。

说明：在土家语中，"惹巴拉"意即"美好和美丽的地方"。

舍不得

太阳舍不得土家寨，
出山跳上了千丈岩。
月亮舍不得土家寨，
下坡歇到了梳妆台。

哥哥舍不得土家寨，
太阳从背篓上升起来。
妹妹舍不得土家寨，
月亮从山歌里喊出来。

舍不得呀舍不得，
舍不得我的土家寨。
太阳和月亮穿梭来，
多情的岁月放光彩。

舍不得呀舍不得，
舍不得我的土家寨。
土家人相亲又相爱，
梦想的花朵满山开。

说明：舍不得，鄂西方言，舍不下，离不开的意思。千丈岩，地名，岩读 āi，同爱音。

山寨夜色美

落山的太阳就歇在火塘，
山里的泉水洗白了月亮。
红红的灯笼挂在桔子树上，
幺妹的山歌醉了星光。

吊脚楼收藏着岁月沧桑，
摆手舞摆出一对对凤凰。
香甜的米酒飘来生活的芬芳，
催春的锣鼓一路花香。

土家女人美，土家男人壮，
踏歌起舞的土家长了翅膀。
听土腔土调传遍四面八方，
土家人的梦想山高水长。

山寨夜色美，山寨夜色香，
如今山里人的日子好风光。
看金桥银路铺出锦绣画廊，
龙船调的故乡五谷飘香。

幺妹喊山歌

幺妹我喊山歌哎喊山歌，
喊得山也唱来哎水也和。

喊起弯弯拐拐的山歌，
我就喊出来一条弯弯拐拐的小河。
喊出太阳和月亮在天上穿梭，
喊出美丽的乡愁长满了山坡。

喊起高高低低的山歌，
我就喊出来一个高高低低的村落。
喊出阳雀和喜鹊在树上做窝，
喊得心里的梦想开出了花朵。

幺妹我喊山歌哟，
喊给对山的小哥哥。
山歌绕作金丝线，
拴住哥哥的心窝窝。

幺妹我喊山歌哟，
喊出人生的苦和乐。
山歌化作一团火，
点燃幸福的新生活。

梦回古茶道

有一条古茶道穿越沧桑，
石板路写满祖先的悲壮。
麻草鞋踩出遥远的苍凉，
背篓上背起落山的夕阳。
几多骡队，几多马帮，
几多铃铛在山谷回响。

有一条渔洋河深情眺望，
苞谷酒醉倒来往的客商。
河码头见证红茶的故乡，
石拱桥驮着背脚的梦想。
几多风雨，几多渴望，
几多帆樯点亮了星光。

一串串脚印长又长，
连接异国到他乡。
一船船茶叶香又香，
香飘天涯到远方。

一首首山歌亮堂堂，
翻山过河情飞扬。
一条条汉子响铛铛，
千里万里赶太阳。

妹妹送哥到路口

一条山路望不到头，
小妹妹送哥到路口。
石板路，滑溜溜，
你千万不要摔跟斗。
山也高，坡也陡，
你扎紧腰带慢慢走。
路边野花不要采，
小妹妹在家把你候。
酿好了一缸苞谷酒，
等着你醉倒在吊脚楼。

一个背影我看不够，
小妹妹送哥泪花流。
石拱桥，圆溜溜，
桥下流水相思稠。
雪在飘，风在吼，
你包好头帕包好手。
头疼脑热莫发愁，
喝一碗姜汤梦依旧。
小妹妹为你亮歌喉，
陪着你风里雨里度春秋。

山里的女人喊太阳

山里的女人火辣辣，
上山下河好潇洒。
扯起那个喉咙喊太阳，
喊醒了满山的杜鹃花。

你看那，
女人头缠长丝帕，
紧腰的围裙绣山茶。
跳的是摆手舞，唱的是哭嫁，
吃的是转转饭，喝的是罐罐茶。
吆嗬一声喊太阳，
喊出了万把金唢呐。

你看那，
女人头戴一枝花，
满脸的春风走人家。
弯的是眉毛，翘的是嘴巴，
笑的溜溜圆，开的朵朵花。
做的是土铺盖，打的是糯糍粑。
吆嗬一声唱太阳，
唱出了一个金娃娃。

山里的女人火辣辣，
日子越过越潇洒。
扯起那个喉咙喊太阳，
喊出了土家人的心里话。

出山的哥哥听我说

叫声哥哥你停一脚，
幺妹有话跟你说。
出门做事不容易，
照顾好自己莫管我。
走过大马路，莫忘山窝窝。
登上大码头，莫忘龙船河。
记住幺妹说的话：
山等你开花，
水等你扬波。
门前一棵柚子树，
等你回来好结果。

叫声哥哥你停一脚，
幺妹还有话要说。
多学一些真本事，
埋头干活话莫多。
走过转转门，莫忘推过的磨。
登上不夜城，莫忘火塘的火。
记住幺妹说的话：
太阳等你升，
月亮等你落。
门前一条弯弯的河，
等你回来好对歌。

梦花树

天天都在想，年年都在念；
土家山和水，都在梦里边。
山路如腰带，山歌似清泉；
多情又多梦，古老又新鲜。

天天都在想，年年都在念；
土家人和事，都在梦里边。
月是故乡圆，水是故乡甜；
女人挽着河，男人扛着山。

哦，梦土家，回土家，梦花树上花最鲜；
哦，一个梦，一个结，梦花树上梦最甜。

带露珠的太阳

山里的太阳出来得早，
一身的露珠亮光光，
跳出山时叮铛响，
落在那山坡上带花香。

露珠珠挂在那头发上，
结成了一串珍珠网，
幺妹吹起咚咚喹，
竹篮子采下了嫩太阳。

外婆的故事

远山有个月亮坳，
远村有个三孔桥，
老街铺着青石条，
老屋藏着外婆谣。

外婆的船儿歌一样美，
外婆的笑容画一样妙，
外婆的歌儿酒一样醉，
外婆的故事风一样飘。

爬山调

土家的山有多高？
天知道，地知道。
土家的山有多峭？
云知道，雾知道。
土家的山有多好？
哥知道，妹知道。
土家的爱永不老，
太阳知道，月亮知道。

云水谣

水在天上流，
云在水中走。
水朦胧，云朦胧，
故事留在心里头。
一网捞起满天星，
送给哪家吊脚楼？

人在天上走，
船在水中游。
人悠悠，船悠悠，
情歌藏在船里头。
一橹摇起月牙儿，
装进哪个竹背篓？

帅巴人之歌

八百里清江滚滚来，
养育了一代又一代。
帅巴人，巴人帅，
金凤凰从山里飞出来。

笔挺挺的杉树硬梆梆的岩，
巴人天生的好身材。
黑亮亮的帕子头上戴，
老蓝布的对襟衫敞开怀。
鸟在头上飞，山在脚下踩。
路在手中开，桥在肩上抬。
喝一碗苞谷酒赶路程，
再远的路程腿不转筋脚不歪！

红艳艳的杜鹃山坡坡上开，
巴人天生的好风采。
光溜溜的脑门梳刘海，
花格子的大摆裙拴飘带。
人在云中走，茶在手中采，
歌在水里流，爱在心里栽。
喝一碗油茶汤进山寨，
再高的山寨树不落叶花不败！

八百里清江滚滚来，
养育了一代又一代。
帅巴人，巴人帅，
金凤凰飞向那云天外。

相约老渡口

是那美丽的乡愁，把我牵回老渡口。
那条弯弯的小船，还在河上漂流。
推我过河的艄公，相约在这里聚首。
杨柳岸桃花灿烂，唤醒了往事悠悠。

是那古老的渡口，把我带回吊脚楼。
那扇花格子窗户，灯火陪伴春秋。
梦里老家的妹娃，春光在心里守候。
土家寨山清水秀，留下了天长地久。

听那哭嫁歌唱得温柔，看那红灯笼挂在门口。
我把爱织成红红的盖头，老渡口就是相思的红豆。

听那唢呐声翻过山头，看那摆手舞跳出丰收。
我把爱酿成甜甜的米酒，老渡口就是甜蜜的源头。

晒秋天

叫一声土家二哥好新鲜，
为什么年年都要晒秋天？
晒得苞谷金黄黄，
晒得辣椒红艳艳，
晒得腊肉香喷喷，
晒得柑橘甜又甜。
你把秋天挂在屋檐前，
晒得吊脚楼，袅袅飘炊烟。

晒秋天，晒秋天，二哥的故事晒不完。
晒出来一个好日子，接来幺妹好团圆。

叫一声土家幺妹好喜欢，
为什么年年都盼晒秋天？
晒得火塘红通通，
晒得唢呐金灿灿，
晒得磨子转圈圈，
晒得灯笼圆又圆。
你把秋天晒在花轿边，
晒得哭嫁歌，缠绕山水间。

晒秋天，晒秋天，幺妹和二哥心相连。
晒出来情歌像老酒，岁月飘香五百年。

晒月亮

月亮挂在山尖尖上，
山里的女人晒月亮。
晒月亮，晒月亮，
月亮下河好洗澡，
月亮上岸好歇凉。
月亮河边棒槌响，
洗的是花鞋花袜花衣裳，
唱的是情哥情妹情意长。

月亮歇在树丫丫上，
山里的女人晒月亮。
晒月亮，晒月亮，
月亮楼上好梳妆，
月亮树下看情郎。
月亮湾里唢呐响，
吹的是好山好水好风光，
笑的是茶香桔香稻花香。

山里的女人晒月亮，
晒得柔情水汪汪。
女人越晒越漂亮，
日子越晒越亮堂。

九妹

九妹九妹，情歌声声脆。
哥哥吹起唢呐，伴着情歌把梦追。
你的歌深情如水，
为了爱敞开心扉。

九妹九妹，情歌叫人醉。
哥哥抱起妹妹，醉在梦里不知归。
你的歌花香明媚，
为了爱播洒春晖。

九妹啊九妹，
水连山呀山连水。
九妹啊九妹，
桃花桃花满天飞！

八百里清江龙船调

八百里清江龙船调，
八百里风光把船摇。
摇啊摇，唱啊唱，
水也长，山也高。
唱起一声龙船调，
艄公急得把脚跳。
再唱一声龙船调，
妹娃过河把手招。
唱得那桃红柳绿把春报，
唱得那山清水秀齐欢笑。

八百里清江龙船调，
八百里风流乐逍遥。
乐啊乐，唱啊唱，
梦未完，情未了。
唱起一声龙船调，
艄公撑船水上飘。
再唱一声龙船调，
妹娃扭腰花枝俏。
唱得那龙船出海涌春潮，
唱得那爱在人间永不老。

油菜花儿开

金灿灿一眼望不到边，
你给我送来春天的请柬。
每个字都是金色的火焰，
点燃心上人绵绵的思念。

一个梦做了千遍万遍，
你穿过花海飞到我面前。
每朵花都是最美的笑颜，
你的蝴蝶结飘在我心间。

油菜花儿开，油菜花儿开，
铺开了一幅美丽画卷。
你回故乡来乡音没改变，
唱一支民谣温暖心田。

油菜花儿开，油菜花儿开，
有多少往事并不如烟。
我满怀深情再看你一眼，
挥一挥手明年再见。

画眉子唧唧唧

树上的画眉子唧唧唧，
唱起了春天的开台戏。
采茶女摘下第一片诗句，
山里汉捧出第一缕晨曦。
坡上的果园放飞山寨晨曲，
河上的渔船摇起一江碧玉。
唧唧唧，唧唧唧，
春歌一曲又一曲，
高山流水谱旋律。

树上的画眉子唧唧唧，
她飞到东来又飞到西。
东边的哥哥能文能武，
西边的妹妹多情多意。
手牵手穿过风雨走在一起，
开春的日子迎来花开遍地。
唧唧唧，唧唧唧，
哥哥妹妹有志气，
追梦路上飞万里。

画眉子，唧唧唧，
唱着花腔穿花衣。
喊醒春风化春雨，
唱响春天写传奇。

黛　妹

前天放学回家，锅里有一碗油盐饭。
昨天放学回家，锅里没有一碗油盐饭。
今天放学回家，自己炒了一碗油盐饭。
把它放在了妈妈的坟前。

这是黛妹的歌唱，带着油盐的清香。
歌声飘到了山上，缠绕在妈妈身旁。
这是黛妹在歌唱，带着生命的渴望。
歌声飘进了清江，流向好远的远方。

黛妹啊，一个生在穷人家的姑娘。
黛妹啊，吃着油盐饭长大的姑娘。
黛妹啊，一个长出了梦想的姑娘。
黛妹啊，许多人还惦记着的姑娘。
黛妹啊，黛妹啊！

山　果

在那遥远的山窝窝，
有个姑娘叫山果。
穿着一件土布褂，
补丁映着小酒窝。
山里生来山里长，
就像春天的野百合。

阿妈病了要抓药，
翻过高山过小河。
核桃装满小背篓，
挤上火车卖山货。
巴掌擦去满脸汗，
就像美丽的红山雀。

"叔叔阿姨你们好，
我的山货你要不要？
只要两毛五分钱，
能换十个好核桃。"
车上的乘客男女老少都喊要，
有一位阿婆扭头悄悄把泪掉。

"叔叔阿姨你们好，
我的山货你要不要？
只要两毛五分钱，
能换十个好核桃。"
农民大哥不要核桃把钱掏，
阿婆送她新衣裳光彩把人照。

山果下了车站在车窗下，
姑娘的脸蛋上挂满泪花。
她一遍又一遍喊出心里话：
"大哥大爷阿婆谢谢啦！
新衣裳我会留着当陪嫁，
穿上它走进情郎的家。"

火塘

天上的雪花一朵又一朵，
白色的蝴蝶飞遍山坡。
山里的火塘燃烧快乐，
映红了笑脸温暖心窝。
点燃了火塘就点燃了生活，
火苗扭起了丰收的秧歌。
你要问火塘笑什么？
你猜你猜我不说。

火塘的故事一个又一个，
就像山下流淌的小河。
火塘的眼睛闪闪烁烁，
妹妹给哥哥传送秋波。
播种了爱情就播种了花果，
火光唱起了动人的情歌。
你要问火塘唱什么？
你猜你猜我不说。

怀念

在山里，在水里，
手捧草鞋喊的是你。
也有风，也有雨，
纤夫号子唱的是你。
闯滩的汉子如今在哪里？
只有那涛声听见你呼吸。
船在想你，舵在念你，
浪把那怀念化作了叹息。

在眼里，在心里，
手捧银锁想的是你。
有过悲，有过喜，
端起酒碗敬的是你。
梦里的亲人你去了哪里？
谁能告诉我河流的秘密。
春在想你，秋在念你，
风把那怀念吹落了一地。

你和我们在一起，
我们永远不分离。
大江大河生生不息，
再演一回人间的大戏。

五月五是端阳

五月五，五月香，
龙舟鼓响又端阳。
苗家姐妹花衣裳，
清早起来去赶场。
赶场赶到河坝上，
又看龙船又看郎。

秧苗青，麦子黄，
哥哥接我过端阳。
苗歌飞到白云上，
龙船下水喜洋洋。
哥哥的船儿长翅膀，
飞到对岸夺头榜。

五月五，过端阳，
哥哥就在我身旁。
送个荷包绣鸳鸯，
栀子花开遍处香。

对面的小乖乖

一朵白云飘过来，
妹妹生得实在乖。
好花一朵满坡香，
我变个阳雀飞过来。

哥哥的心事我来猜，
就等妹妹把口开。
热锅上的蚂蚁团团转，
心急吃不得热稀饭。

一支山歌九道拐，
弯弯拐拐唱拢来。
唱歌还要两个人，
山开心来水开怀。

哥哥的心事我来猜，
就等妹妹扑进怀。
叭她一口甜三年，
绣一床鸳鸯花铺盖。

叫一声对面的小乖乖，
青枝绿叶惹人爱。
好哥哥配好人才，
天生姻缘早安排。

茶山阿妹

茶叶青青茶山忙，
小丫头长成了大姑娘。
眉毛弯弯头发长，
清泉般的眼睛黑又亮。
当年背篓做摇篮，
如今背茶走四方。
茶山阿妹巧梳妆，
绣山绣水绣月亮。

茶叶青青茶山忙，
小丫头长成了大姑娘。
牛仔裤子花衣裳，
兰花般的双手剪春光。
茶园飘出茶花香，
茶歌满山茶满筐。
茶山阿妹精神爽，
赶风赶雨赶太阳。

小丫头从小爱茶乡，
如今长成了大姑娘。
姑娘赶上了好时光，
背篓里飞出个金凤凰。

土家大实话

太阳天天往上爬，
月亮天天往下滑。
苞谷酒从来不掺假，
土家人爱说大实话。

要穿衣就要种棉花，
要打油就要种芝麻，
要吃肉就要喂猪娃，
吃穿样样都不差。

不修屋就要住露天坝，
不读书就是个睁眼瞎，
不种粮食只好啃泥巴，
勤劳致富就发家。

苞谷酒从来不掺假，
土家人爱说大实话。
开春的日子有奔头，
落了雪花就开桃花。

龙船情歌

高山顶上一条河，
清江流出龙船歌。
喊一声妹娃要过河，
喊热了大山的心窝窝。

石榴花开一团火，
情也多来爱也多。
叫一声哥哥来推我，
一对阳雀飞过河。

板栗花开一根索，
手牵手来脚对脚。
叫一声哥哥快扳舵，
一对喜鹊落山坡。

唱歌要唱龙船调，
坐船要坐豌豆角。
伸手扯住太阳的脚，
照亮了土家的山窝窝。

我的火塘，我的太阳

我爱土家山寨的火塘，
火塘温暖着我冬日的梦乡。
是她牵动了哭嫁歌的忧伤，
是她点燃了苞谷酒的芬芳。
我把心底的龙船调唱响，
让十八弯山路沐浴月光。
啊，火塘，土家的火塘，
你是我心中的太阳。

我爱土家山寨的火塘，
火塘孕育着我明日的希望。
是她照亮了红辣椒的脸庞，
是她托起了红山雀的翅膀。
我把古老的摆手舞跳响，
让十万座大山清泉流淌。
啊，火塘，土家的火塘，
你是我心中的太阳。

土家人的舞

人说土家都姓土，
男女老少会跳舞。
土家人确实会跳舞，
跳起来生龙又活虎。
跳起摆手舞，伴奏只要锣和鼓。
跳起地花鼓，唢呐吹出鸭儿步。

人说土家都姓土，
男女老少会跳舞。
土家人确实会跳舞，
跳起来能文又能武。
跳起采茶舞，上山下坎不叫苦。
跳起薅草舞，长出苞谷和红薯。

人说土家都姓土，
男女老少会跳舞。
土家人确实会跳舞，
跳起来龙飞又凤舞。
跳起巴山舞，世世代代英雄谱。
跳起撒尔嗬，祖祖辈辈传千古。

土家后代都姓土，
男女老少会跳舞。
能把太阳跳上山，
能把月亮跳进谷。
跳开山门走大路，
跳出龙门展宏图！

走进我的摆手堂

走进我的摆手堂，
踏歌起舞跳春光。
双手摆出来千条河流，
双脚踏过那万座山岗。
把篝火烧得红通通，
把锣鼓敲得咚咚响。
把山寨摆成花果山，
把土家摆成金凤凰。
我的摆手舞神采飞扬，
我的土家人长出了翅膀。

走进我的摆手堂，
龙腾凤舞闹春光。
围着圆圈像围着火塘，
撒开手脚像撒开渔网。
把春风摆得喜洋洋，
把春雨摆得亮汪汪。
把男人摆成金太阳，
把女人摆成红月亮。
我的摆手舞天地鼓掌，
我的土家寨赛过了天堂。

山里人，土家人

高天上吹响牛角号，
高山上走来土家人。
背篓背出古老的民族，
山歌寻找着天堂的梦境。

喊一声我的土家寨，
唱一声我的土家人。
一声哦嗬喊醒了岁月的沧桑，
一声哭嫁歌唱响了爱情的旅程，
一坛咂酒喝出了生活的清芬，
一段莲湘舞打开了古老的山门。
我的土家人有说不完的故事，
每个故事都有大山般的深情。

喊一声我的好男人，
唱一声我的好女人。
一个火塘照亮了生命的年轮，
一座吊脚楼收藏了山地的灵魂，
一杯清茶滋润了故乡的心身，
一曲摆手舞跳出了美丽的人生。
我的土家人有唱不完的山歌，
每首山歌都有天仙般的风情。

天有三宝日月星，
人有三宝精气神。
高山上走来土家人，
土家的天堂万年春。

土家的天堂

翻过九十九座山，
走过九十九条河。
土家的天堂在哪里？
她在土家人的心窝窝。

吊脚楼的栏杆火塘的火，
土家人的天堂最快活。
跳起摆手舞，
唱起哭嫁歌。
上山背的金背篓，
下河划的豌豆角。
对岸喊一声哦呀嗬，
我的哥哥哟，
你就把我推过了河。

高山上的号角低山的锣，
土家人的天堂最快活。
牵来不老泉，
栽下长生果。
幺妹有情又有意，
山寨有酒又有歌。
隔山唱一首采茶调，
我的哥哥哟，
我就把你喊上了坡。

翻过九十九座山，
走过九十九条河。
土家的天堂在人间，
山寨的太阳永不落！

我的土家寨

我的土家寨长在山坡，
小得和我的巴掌差不多。
伸手就能在家里烤火，
脱鞋就能在河里洗脚。
背着太阳爬上坡，
牵着月亮趟过河。
开坛的苞谷酒转一转，
醉倒了整个山窝窝。

一盏灯火接一盏灯火，
它就点燃了父亲的烟锅。
一片月光接一片月光，
它就照亮了母亲的抚摸。

我的土家寨长在山坡，
土得和我的衣裳差不多。
赶场就在石板街打货，
相亲就在吊脚楼对歌。
男人和女人一盘磨，
同唱一首团圆歌。
幺妹的腰杆子扭一扭，
哥哥的心里痒梭梭。

一首民歌接一首民歌，
它就连成了岁月的长河。
一个风俗接一个风俗，
它就酿成了甜蜜的生活。

太阳和月亮两把梭

土家的山，土家的水，
土家的山水故事多。
男人就是上天的梯，
女人就是开春的河。
金背篓背起山千座，
光脚板踩出花万朵。
太阳和月亮两把梭，
织出了土家的好生活。

土家的歌，土家的舞，
土家的歌舞风情多。
女人跳起花鼓舞，
男人吼起赶山歌。
摆手舞摆出路千条，
情歌儿唱出梦万个。
太阳和月亮两把梭，
织出了土家的好生活。

西兰卡普

翻开土家人的老家谱，
土花铺盖就叫西兰卡普。
五色丝线编出了哭嫁歌，
一双巧手织出了摆手舞。
莫说累，莫说苦，
金凤凰就从织锦中飞出。
土花铺盖哟西兰卡普，
美的花布哟美的明珠。

翻开土家人的老家谱，
土花铺盖就叫西兰卡普。
七彩阳光唱出了云水谣，
八面来风打起了开山鼓。
莫说俗，莫说土，
康庄路就从织锦中起步。
土花铺盖哟西兰卡普，
美的画图哟美的民族。

土家青丝帕

深山老林潮气大，
土家人爱戴青丝帕。
不怕冷风寒霜打，
又挡雪来又挡沙。
头戴丝帕闯天下，
五湖四海把根扎。
青丝帕哟青丝帕，
头上的花朵心中的家。

云来雾去湿气大，
土家人爱戴青丝帕。
不怕背篓肩上压，
又好看来又潇洒。
头戴丝帕走四方，
千山万水踩脚下。
青丝帕哟青丝帕，
头上的太阳心中的花。

歌唱土家英雄汉

土家儿女爱唱歌，
山歌要拐九道弯。
弯弯拐拐情意深，
声声歌唱土家汉。

土家汉，英雄汉，
吃得苦，耐得寒。
穿的是蓝布对襟衫，
吃的是红苕苞谷饭，
住的是转角吊脚楼，
走的是山路十八弯。

土家汉，英雄汉，
舍得血，舍得汗。
单身敢闯野猪林，
一竿撑得动上水船，
脚板踩得过一条河，
肩膀背得起一座山。

土家汉，英雄汉，
站得高，看得远。
打一个隧洞修公路，
选一个峡谷建电站，
办一个学堂育后人，
挑一担山货上四川。

土家汉，英雄汉，
爱得深，爱得宽。

唱的是家乡龙船调，
舞的是龙灯游平川，
爱的是土家幺妹子，
奔的是春风艳阳天。

土家儿女爱唱歌，
山歌要拐九道弯。
弯弯拐拐情意深，
唱不尽土家英雄汉。

回到土家

翻山越岭，穿江过峡。
回到清江，回到土家。
喝一口清甜清甜的清江水，
喊一声远天远地的山旮旯。
叫一声生我养我的爹和娘，
还有那疼我爱我的毕兹卡。

山上的栀子花又白又大，
开春的日子里香飘三峡。
山下的吊脚楼又高又大，
长长的石板街响起唢呐。
呜哩哇，呜哩哇，
吹吹打打，接我回家。

火塘的红辣椒又尖又辣，
开坛的苞谷酒香透山垭。
门口的清江河如诗如画，
晚归的打渔船落满彩霞。
哗啦啦，哗啦啦，
欢欢喜喜，接我回家。

回到清江，回到土家。
梦里老家，快乐老家。
穿起我的土家衣，
戴上我的青丝帕。
活鲜鲜，又是一朵栀子花，
亮闪闪，又是一个毕兹卡！

土家歌谣

四千年巴土沧桑多，
八百里夷水波连波，
祖辈的歌谣连血脉，
英雄的故事汇成河。

说传说，唱传说，
古老的传说从头说。
巴王山上吹牛角，
吹出一条清江河。
巴王本是一只虎，
虎啸清江震山河。

说传说，唱传说，
美丽的传说动心魄。
巴王西征驾土船，
娘娘拿艄他掌舵。
盐水女神爱巴王，
甘被弯弓利箭戳。

说传说，唱传说，
唱到了如今天地阔。
昔日巴王敢拼搏，
今日土家勇开拓。
打开山门唱大风，
春风作伴好踏歌。

四千年风雨沧桑多，
八百里山川唱新歌。
土家的日子红红火火，
巴人的后代蓬蓬勃勃。

一杵打在白云上

山高比不过肩膀高，
水长比不过脚板长，
土家人自古豪气壮，
打杵子背篓闯天堂。

背篓是个屋，打杵就是一根梁。
背篓是条船，打杵就是一把桨。
背起背篓就背它个金山银岗，
打起打杵就走它个四面八方。
一杵打在白云上，
背走月亮背太阳！

上山有豺狼，打杵就是一杆枪。
过河有水响，打杵就是一根桩。
背起背篓就背它个情深意长，
打起打杵就打它个天宽地广。
一杵打在白云上，
背走月亮背太阳！

山高比不过巴王山，
水长比不过清江长。
一根打杵豪气壮，
一个背篓背天堂。

红纸伞的故事

红纸伞，红又亮，
女儿会上好风光。
阴天拿它挡风雨，
晴天拿它遮太阳。
打一把红伞喊一声郎，
心里有话对你讲。
红伞罩在头顶上，
话也多来情也长。

脑壳对脑壳，
肩膀挨肩膀。
东边躲一躲，
西边藏一藏。
左边歪歪斜，
右边摇晃晃。
猜也不用猜，
想也不用想。
后面的故事讲也不用讲，
伞底下肯定有名堂。

红纸伞，红又亮，
女儿会上好风光。
秋天打它回娘家，
春天打它去赶场。
打一把红伞喊一声郎，
隔山有歌对你唱。
土家的女儿不一样，
高山流水情意长。

清江情歌

穿过大山的清江八百里无悔无怨，
追求爱情的涛声歌唱了千年万年。
吊脚楼的窗户把漫漫岁月望穿，
火塘里的火光照亮了美丽的红颜。
这方水土不是江南胜似江南，
山路走不完情歌唱不完。

守望家乡的清江八百里心甘情愿，
承诺爱情的誓言铭刻了千遍万遍。
石板街的台阶被岁月磨出了油，
苞谷酒的火焰点燃了心中的灯盏。
这番情意不是缠绵胜似缠绵，
情歌千万遍诗歌千万篇。

土家妹子

土家妹子长得乖，
好像那月亮照白岩。
白里透红水色好，
一枝桃花带雨开。
土家山寨搭歌台，
山歌民歌唱起来。
唱一声客人你歇歇脚，
端一碗油茶汤来招待。
山里飞出金凤凰，
歌声飞向云天外。

土家妹子长得乖，
好像那水杉长成材。
青枝绿叶逗人爱，
两条辫子迎风摆。
清江涨水好行船，
日子好了放光彩。
敬一杯米酒你暖暖身，
跳一曲巴山舞乐开怀。
山里飞出金凤凰，
土家妹子好气派！

花咚咚的姐

花咚咚的姐，姐儿花咚咚。
姐儿回娘家，背个花背篓。

背的麦粑粑，一坨腊豆腐。
背的猪蹄子，打个红箍箍。
五谷杂粮最养人，
养出了花一样的土家族。

豌豆角的船，吊脚楼的屋。
巴掌大的田，天梯上的路。
挺起腰杆扛大山，
扛起了山一样的土家族。

花咚咚的姐，背个花背篓。
背的一篓歌，从春唱到秋。

细娃儿唱个门神歌

唱在腊，说在腊，
爱说爱唱崽崽娃。
唱到腊月二十八，
家家都把年猪杀。
做豆皮，打糍粑，
家家还把门神挂。
挂个天师捉妖怪，
挂个钟馗把鬼拿。
妖魔鬼怪一扫光，
好栽秧子好采茶。

一扇门，两扇门，
两扇门上挂门神。
鬼大哥，鬼二哥，
躲在对面岩上坐。
一听讲，二听说，
勒令门神把你捉。
钉是钉，卯是卯，
大鬼小鬼跑不了。
大弯坡，小弯坡，
细娃过年好快活。

清江画廊土家妹

清江画廊的土家妹，
水一样清纯水一样美。
水葡萄的眼睛柳叶眉，
水莲花的脸儿樱桃嘴。
水做的腰儿闪呀闪，
活像那清江鱼摆尾。
一开口，嗓音脆，
山和水，紧相随。
八百里清江八百里歌，
唱出了甜悠悠的乡土味。

清江画廊的土家妹，
水一样清纯水一样美。
圆溜溜的酒窝会说话，
水灵灵的笑声叫人醉。
水上的船儿摇啊摇，
活像那山里雀尕飞。
一牵手，头不回，
情和爱，长相配。
清江的女儿土家的妹，
长成了金灿灿的向日葵。

向日葵，土家妹，
最妩媚，最珍贵。
水流那千里归大海，
追着那太阳放光辉。

锦绣清江春色美

翻过千座山，走过万道水，
谁不为锦绣清江梦几回。
春天水飘香，夏天山流翠，
秋天女儿红，冬天鱼儿肥。
风光好比土家妹，
引来白鹭水上飞。
你到那船头船尾看一看哪，
梦里的老家又回归。
八百里清江如翡翠，
千万个山寨春光媚。

读过千首诗，看过万座碑，
谁不说锦绣清江春色美。
吹起咚咚喹，男女来相会，
跳起摆手舞，和爱一起飞。
山歌好比清江水，
哭嫁要陪十姐妹。
你把那悠悠南曲唱一唱啊，
岁月的沧桑有回味。
土家人一辈胜一辈，
千万只凤凰展翅飞。

土家天堂在清江

一江春水天地宽，
两岸都是话神仙。
人说天堂在天上，
我说天堂在人间。

天堂就在清江边，
青山绿水伴家园。
船从天上划下来，
月从水中跳上岸。
喝口清江水，
长成土家汉，
翻过千丈岩，
撑过上水船。
走过一滩又一滩，
一步一个艳阳天。

天堂就在清江边，
吊脚楼上飘炊烟。
妹从画中走出来，
哥把春天接上船。
喝口清江水，
顶起半边天，
上山不怕险，
下河敢闯滩。
走过一湾又一湾，
一步一朵红杜鹃。

土家天堂在清江，
两岸都是活神仙。
天天都是好日子，
处处都是桃花源。

土家风情是一条河

土家风情是一条河，
源远流长故事多。
河水悠悠绕山过，
年年岁岁唱着歌。

洋芋结果果，苞谷长坨坨，
姑娘要出嫁，唱起哭嫁歌。
送别老人更洒脱，
边唱边跳撒尔嗬。
薅草锣鼓震天响，
山歌甩过几架坡。
阳雀叫春春就火，
摆手舞开出了花万朵。

男人背岁月，翻过山坡坡，
女人过日子，走过转转河。
辣糙糙的咂酒歌，
唱得心里痒梭梭。
绣花鞋垫正合脚，
送给出门情哥哥。
西兰卡普穿梭过，
龙船调飞出了山窝窝。

土家风情是一条河，
风情万种波连波。
河水养育土家人，
年年岁岁都快活。

土家的民歌有味道

山高高，水迢迢，
土家的民歌有味道。
你要是唱起龙船调，
心里的爱情就开了窍。
你要是唱起黄四姐，
百年的恩爱就不会老。
一个背篓一把伞，
女儿会上歌如潮。
唱得那情哥把山挑，
唱得那幺妹花枝俏。
风也好，雨也好，
天长地久不动摇。

路弯弯，云飘飘，
土家的民歌有味道。
你要是唱起采茶调，
开春的花朵就满山跑。
你要是唱起哭嫁歌，
出门的日子就坐花轿。
一声哦嚯一串歌，
山寨飞来百灵鸟。
唱得那家园风光好，
唱得那山寨乐陶陶。
春也妙，秋也妙，
花好月圆步步高。

到了五峰不想走

山是这样青，
水是这样秀，
桥是石拱桥，
楼是吊脚楼。
风光万卷看不够，
到了五峰不想走。
不想走，你就留，
山寨有的是苞谷酒。
抬格子蒸肉荞粑粑，
土家人最爱交朋友。
太阳挂在大门口，
月亮歇在梦里头。
千山万水任你游，
情深谊长岁月稠！

唱起哭嫁歌，
掀起红盖头，
跳起摆手舞，
男女手牵手。
风情万种看不够，
到了五峰不想走。
不想走，你就留，
土家多的是好歌手。
渔洋河梦回古茶道，
采花谣顺着江水流。
幺妹儿站在家门口，
对着茶园亮歌喉。
千歌万曲任你吼，
龙飞凤舞唱春秋！

卡普就是一朵花

花咚咚的幺妹生在三峡，
花咚咚的幺妹长在土家。
土家的幺妹叫卡普，
卡普就是一朵花。

卡普生来爱唱歌，
唱得满天飘彩霞。
有一天她唱起龙船调，
龙船调长了翅膀飞天涯。

卡普爱跳摆手舞，
摆出满山诗和画。
有一天她上山去采茶，
采下了一篮星星照三峡。

卡普最爱土家族，
高山流水把根扎。
有一天她挽来云和雾，
收藏在吊脚楼上作婚妙。

花咚咚的幺妹情在三峡，
花咚咚的幺妹爱在土家。
土家的幺妹叫卡普，
卡普就是最美的花。

说明：1. 花咚咚，土家口语，花上加花、很漂亮的意思。2. 卡普，土家语，花朵的意思。比如西兰卡普，"西兰"是被盖，"卡普"是花，土花铺盖，很美。

跳起摆手舞

土家摆手舞，
美丽又神奇。
跳起摆手舞，
锣鼓惊天地。
哥哥把手摆呀摆，
太阳要把月亮娶。
妹妹把手摆呀摆，
桃花映红竹斗笠。
哥哥妹妹手牵手，
牵出来一首迎亲曲。
摆条大河向东去，
土家风流数第一。

土家摆手舞，
古老有活力。
跳起摆手舞，
东风化春雨。
山上把手摆呀摆，
五谷丰登来报喜。
河边把手摆呀摆，
百舸争流唱大戏。
男女老少齐摆手，
摆出来一片新天地。
摆条天路作云梯，
人间天堂更美丽！

吊脚楼情歌

高山顶上流清泉，
流到长江三峡边。
吊脚楼上飘炊烟，
情歌声声唱不完。

你说上山开果园，
我说山路十八盘。
你说过河修公路，
我说水路九道滩。
十八盘，九道滩，
哥哥你步步都要保平安。
转过那三百六十五道弯，
满山遍野是红杜鹃。

桂树花开月儿圆，
板栗开花一条线。
两颗心儿一线牵，
情歌越唱心越甜。
你说打工出远门，
我说出门行路难。
你说干活加夜班，
我说夜深风雪寒。
行路难，风雪寒，
哥哥你天天都要保平安。
翻过那三百六十五道坎，
冰消雪化是艳阳天。

故乡他乡

我的家在龙船调的故乡，
那里是歌的山寨舞的清江。
自从我离开那个遥远的地方，
睡梦中总想起土家的火塘。

我把哭嫁歌融入城市的风光，
城里人也唱出了田野的清香。
我把摆手舞摆进城市的梦想，
小姐妹也摆出了清江的波浪。

我多想做一件婚纱带回村庄，
那是土家郎心中的念想。
城市的风雨中我神采飞扬，
人生的旅途中我一路歌唱。

不管是遥远的故乡还是他乡，
我的歌永远不会折断翅膀。
我要让全世界所有人都知道，
大城市来了个土家的姑娘。

桃花岛上

谁的莺歌燕语在风中悠扬，
谁的人面桃花在江边梳妆，
谁的采花蝴蝶飞进了门窗，
谁的轻舟夜航惊醒了月光。
哦，桃花岛上，无限春光，
温柔的水乡啊梦里的向往。

谁的沧桑岁月在山里守望，
谁的浪漫爱情在水中流淌，
谁的乡土风情芬芳了画廊，
谁的诗情画意灿烂了心房。
哦，桃花岛上，无限春光，
世外的桃源啊人间的天堂。

叫声伙计听我讲

听我来开言唱，
唱一个妹送郎。
站在门口打一望，
知心的话儿对你讲。

叫声伙计你听我讲，
你是单位好榜样。
山里走，水里淌，
一出门我就牵心挂肠。
山路弯弯长又长，
你步步都要走稳当。
水路滔滔浪打浪，
你时时都要有提防。
千遍讲，万遍讲，
有家有爱才能有指望。
生命的阳光最明媚，
就在你上班的工地上。

叫声伙计你听我讲，
你在家里挑大梁。
风里来，雨里往，
你一走我就日夜守望。
烈火炎炎怕上火，
你要多喝绿豆汤。
雪花飘飘怕感冒，
你出门就要加衣裳。
千回想，万回想，
有家有爱才能有指望。

团圆的灯光最温馨，
就在你回家的大路上。

听我来开言唱，
唱一个妹送郎。
站在门口打一望，
好日子越过越亮堂。

幺妹心思我来猜

土家妹儿长得乖，
幺妹心思我来猜。
山高高，水蓝蓝，
吊脚楼上有真爱。
把梦种在山寨里，
把爱织成花腰带。
春来秋去花不败，
天长地久情满怀。

土家妹儿桃花开，
幺妹心思我来猜。
风轻轻，云淡淡，
龙船河上回山寨。
把花栽在河两岸，
把歌刻在石板街。
走遍五湖和四海，
天南地北永相爱。

红绣球

踩着云雾走，
踏着浪花走，
三峡风光看不够，
情歌唱了千万首。
走过吊脚楼，
妹妹送我红绣球；
喝过苞谷酒，
我和妹妹手牵手。
红绣球抱在怀里头，
穿过岁月不回首！

吹着唢呐走，
抬着花轿走，
三峡风情唱不够，
人面桃花梦悠悠。
妹妹坐船头，
山歌顺着江水流。
哥哥一声吼，
千年万年不分手。
红绣球抱在怀里头，
青山不老水长流！

苞谷老烧巴到香

土里生，土里长，
苞谷老烧巴到香。
好日子天天像过年，
香飘十里喜洋洋。
接媳妇，嫁姑娘，
香出一片好风光。
八月十五中秋节，
香出来一个圆月亮。

土家酒，土家酿，
苞谷老烧巴到香。
小妹妹送哥去远方，
一碗烧酒暖心房。
一路走，一路唱，
香香的妹妹永不忘。
刮风下雪心里烫，
早一天回来拜高堂。

过端阳呀巴到香，
团年饭呀巴到香，
接贵客呀巴到香，
走亲戚呀巴到香，
巴到香呀巴到香，
巴了嘴巴巴心肠。

添孙娃呀巴到香，
祝寿星呀巴到香，
搬新屋呀巴到香，
庆丰收呀巴到香，
巴到香呀巴到香，
香遍天下精神旺！

十八弯情歌

十八条清泉山间流，
十八弯山路情悠悠。
哪一条泉水牵动妹妹的红袖，
哪一条弯路张开哥哥的双手？

十八朵白云随风走，
十八弯山路歌悠悠。
哪一朵白云飘来妹妹的问候，
哪一首山歌温暖哥哥的胸口？

风悠悠呀情悠悠，
情到深处亮歌喉。
三峡情歌月亮般温柔，
十八弯山路像追梦的河流。

情悠悠呀爱悠悠，
爱到百年不回头。
三峡情歌醉人的美酒，
十八弯山路是最美的乡愁。

俏俏的幺妹

云中来，雾中来，
幺妹从山里走出来。
俏幺妹，幺妹俏，
俏俏的幺妹把手摆。
别个问她俏啥子？
好山好水好风采。
如今赶上新时代，
好歌自然飞出怀。

嘉陵的情来川江的爱，
江风吹得衣裙摆。
红霞落在红岩上，
红梅花儿朵朵开。

歌中来，梦中来，
幺妹从画上走下来。
俏幺妹，幺妹俏，
俏俏的幺妹上歌台。
别个问她俏啥子？
歌里流着情和爱。
喊一声山歌九道拐，
山路变成金腰带。

俏俏的幺妹亲亲的爱，
双手把太阳捧出来。
大河里舀起一瓢水，
洒得那茶花满山开。

俏俏的幺妹亲亲的爱，
双手把春天抱回来。
挽起那春光暖心怀，
千歌万曲飞天外。

第二辑 / 歌香在山寨

第 三 辑

○
○
●

歌 美 在 家 园

走进湖北

走进湖北你就唱起水调歌头，
锦山绣水一路上诗韵悠悠。
看那芳草萋萋，唤醒梦里的乡愁；
听那编钟声声，心在天堂里漫游。

走进湖北你就听见涛声依旧，
今古传奇伴随着大江奔流。
看那白云黄鹤，期待久远的等候；
听那下里巴人，歌在岁月里回首。

啊，朋友啊朋友，
荆楚大地任你走，
千歌万曲唱不够。
啊，朋友啊朋友，
走过冬夏又春秋，
灵秀湖北，湖北灵秀。

灵秀湖北

谁把天上的银河挽流在荆楚大地?
远去的黄鹤又踏着白云回到这里。
谁把行走的脚印变成了浪漫诗句?
山山水水都在歌唱着神奇美丽。

都说灵秀的地方就会有今古传奇,
古老的河边总是牵动着遥远的回忆。
如果有一首楚歌能让你想起爱情,
年年岁岁都是难忘的诗情画意。

在这里,回归自然是这样安逸,
在这里,人面桃花是这样俏丽,
在这里,地灵人杰是这样神秘,
在这里,九头鸟的故事飞向千里万里。

第三辑 / 歌美在家园

宜昌礼赞

大江东去，今古传奇，
西陵峡畔，风云会际。
长诗一卷，一卷壮丽，
你在史书的图画里，
涛声依旧雄风旌旗。
沮出荆山，楚留遗迹，
你是屈原故里，
你是昭君香溪。
土家风情，巴人后裔，
春风秋雨，江山多情多意。

岁月流转，大城崛起，
水电之城，旅游胜地。
长歌一曲，一曲神奇，
你在春天的故事里，
千帆竞发如歌鸣笛。
和谐家园，龙舞凤啼，
你是宜居之城，
你是昌盛之地。
踏歌追梦，风鹏正举，
金桥银路，锦绣前程万里。

歌唱宜昌

一条大河诗万章，
三峡开篇在宜昌。
看见她就想把歌唱，
总是把家乡当作天堂。

都说这里地灵人杰，
她是屈原和昭君的故乡。
美丽的城市在水一方，
每一朵浪花都连着梦想。

都说这里诗情画意，
她是三峡文化锦绣的画廊。
宜人的城市昌盛的地方，
每一寸土地都生长希望。

我们歌唱壮美的三峡，
我们歌唱大爱的宜昌。
水电之城活力绽放，
旅游胜地神采飞扬。
经济腾飞插上了翅膀，
和谐的家园魅力宜昌！

第三辑 ／ 歌美在家园

宜昌之歌

谁在人间铺开一条银河，
谁在三峡打造一把金锁，
美丽的宜昌不是传说，
她是一颗明珠在天堂闪烁。
屈原朝天喊出一声求索，
两岸柑桔点燃万家灯火；
昭君离乡把琵琶弹拨，
稻花飘香醉到人的心窝。

谁在梦里捧出一把花朵，
谁从峡江放飞一只仙鹤，
神奇的宜昌不是传说，
她是一只凤凰在大地飞歌。
三峡大坝举起日月穿梭，
星光灿烂照亮高山大河；
游客盈门把身心寄托，
峡江恋歌唱得天高地阔。

啊，宜昌啊宜昌！
宜人的城市，多情岁月流成长河。
啊，宜昌啊宜昌！
昌盛的地方，和谐家园幸福生活。

美丽宜昌我爱你

穿过楚水巴山看见你，
年轻的宜昌总是这样美丽。
山的伟岸水的温馨，
美丽的山水拥抱着晚霞晨曦。
屈原故里牵动着遥远回忆，
昭君香溪飘来了花香鸟语。
来了这里就不想回去，
美丽宜昌呀我爱你！

穿过高峡平湖走进你，
年轻的宜昌总是创造奇迹。
宜人之城宜居之地，
昌盛的城市缭绕着诗情画意。
水电之城激荡着英雄豪气，
旅游胜地流淌着岁月神秘。
来了这里就不想回去，
神奇宜昌呀我爱你！

宜昌就是这样美丽神奇，
宜昌就是这样充满活力，
宜昌就是这样多情多义，
我爱你呀爱你永远爱你！

宜昌，我的家乡

让我亲亲地对你讲，
我的家乡美丽的宜昌。
这里是好山好水好地方，
三峡风送来涛声吟唱。
屈原故里的龙舟划出沧桑，
昭君村头的香溪流入梦乡。
三峡大坝抒写金色诗章，
满山柑桔照亮长江夜航。
啊，宜昌，我的家乡！
因水而生，因水而旺。
我为你放飞梦想，放声歌唱！

让我深深地对你唱，
我的家乡神奇的宜昌。
这里是如诗如画如天堂，
西陵峡两岸稻花飘香。
水电之城的朝霞唤起春潮，
旅游胜地的歌谣散发芬芳。
盛世峡江捧出明珠闪光，
和谐家园托起丹凤朝阳。
啊，宜昌，我的家乡！
宜而昌盛，宜而辉煌。
我祝你青春绽放，展翅飞翔！

美丽宜昌

千条小河扑进一条大江，
在三峡放声歌唱。
唱的是诗情，唱的是画意，
唱的是美丽宜昌。
啊，美丽宜昌，美丽宜昌，
你是屈原和昭君的故乡。
大城崛起，神采飞扬，
峡江把你的歌声，一路流淌，
流到了远方，流到了远方。

二月花香牵来八月桔香，
在三峡随风飘荡。
香的是和谐，香的是梦想，
爱的是美丽宜昌。
啊，美丽宜昌，美丽宜昌，
你是一个宜于昌盛的地方。
水电之城，灯火辉煌，
捧出一颗颗明珠，闪耀光芒，
照亮了家乡，照亮了家乡。

我把爱捧给宜昌

有一条大河源远流长，
五千年涛声在家门口回响。
屈原为求索灿烂了诗章，
昭君为和平美丽了远方。
宜居之城啊昌盛之地，
说不完的故事在岁月里流淌。
我把爱捧给宜昌，捧给宜昌，
唱不尽的家乡在天地间芬芳。

有一座大坝壮丽辉煌，
五千年风云在峡谷里回望。
渔舟在这里摇红了太阳，
柑桔在这里点燃了秋光。
水电之城啊旅游胜地，
说不完的传奇在新时代交响。
我把爱捧给宜昌，捧给宜昌，
唱不尽的梦想在春天里开放。

我把爱捧给宜昌，捧给宜昌，
说不尽的故事在岁月里流淌。
我把爱捧给宜昌，捧给宜昌，
唱不尽的梦想在春天里开放。

我们宜昌好人多

我们宜昌好人多，
就像峡江浪花千万朵。
一滴滴乳汁哺育你我，
一朵朵浪花为时代放歌。

我们宜昌好人多，
就像天上星星千万颗。
一颗颗爱心照亮山河，
一个个星座为梦想闪烁。

扶贫帮困，支教助学，
你用真情对家乡诉说。
让星光照耀遥远的村落，
让浪花滋润青春的蓬勃。

保护环境，慈善捐助，
你用春天温暖着心窝。
让道德之光山一样气魄，
让文明之旅海一样广阔。

宜昌　宜昌

我从北方走到南方，
爱上了一个城市叫宜昌。
论气派她比不过北上深广，
论风景她赶不上云南新疆。
且不说这个坝那个坝多么辉煌，
这个诗人那个美人都是老乡。
我爱她因水而生因水而旺，
更爱她水一样清纯的姑娘。
你看那云集路美女如云，
女人花开遍了夷陵广场。

记得那一天洒满阳光，
弹着吉他边走边唱。
走过桃花岭交了桃花运，
我爱上了一个宜昌姑娘。
我们在老街茶楼互诉衷肠，
采花毛尖散发着清香。
她握着我的手谈起梦想，
说不完的爱和音乐、诗和远方。
我们在陶珠路牵手徜徉，
喝了凉虾还加了红糖。
吃的是萝卜饺子顶顶糕，
她把我送到九码头的船舱。

宜昌宜昌美丽的地方，
拉着她的手我舍不得放。
我从北方走到南方，
爱上了一个宜昌姑娘。

我的恩施我的歌

每过一条河我就想起清江，
一颗心就回到了风雨桥上。
雪白的裙子长发飘扬，
看见你的模样很清爽。
连珠塔见证岁月的沧桑，
魁星楼在河对岸把你眺望。
问一问会讲故事的西门城墙，
你是否还记得那个姑娘。

年轻的时候总是有些荒唐，
总以为凤凰山上有凤凰飞翔。
圆圆的酒窝红红的脸庞，
听见你的声音我心就发慌。
女儿城过去就是穷乡僻壤，
每一道家乡菜都值得品尝。
六角亭的烧饼还是那么香，
我的姑娘你去向何方。

怀念恩施，
东门老渡口的宁静时光。
繁花似锦不是人间天堂，
相亲相爱才是最美故乡。

怀念恩施，
土家摔碗酒的神采飞扬。
一路上有过多少风雨凄凉，
我背着故乡去追赶梦想。

神农架之恋

远古留下一片林海，
祖先传给神农的后代。
他们都有山水情怀，
大自然从未离开。

祖先化作一道山脉，
高山杜鹃香飘天外。
山里人情歌自由自在，
梦境中充满期待。

用爱把梆鼓敲起来，
敲得星空没有云彩。
用情把山歌唱出怀，
唱得山地没有尘埃。

远古留下的林海，
传下来神农的气概。
哪怕岁月长出青苔，
我们永远相亲相爱。

古盐道情歌

从前的古盐道不是传说，
雨呀雪呀都打湿了心窝。
喝一碗酒吧，我的哥哥，
小妹妹从日出盼到日落。

头戴斗笠身穿蓑，
背篓打杵把盐驮。
喝了妹妹一碗酒，
翻过九十八道坡，
刀山火海都敢过。

对着山对着河唱首情歌，
星呀月呀都张开了耳朵。
抱一抱我吧，我的哥哥，
只等你大花轿来家里接我。

手提马灯爬山坡，
五百里盐道路坎坷。
听了妹妹一首歌，
照亮七十二道河，
冰天雪地有团火。

喊一声哥哥呀喝一碗酒，
喊一声妹妹呀唱一首歌。
古老的盐道磨硬了骨头，
缠绵的爱情温暖了心窝。

情系大九湖

大九湖是一个美丽的地方，
传奇的故事在湖边流淌。
她们是天上下凡的九个姑娘，
绿色的裙子飘散出芳香。

大九湖是一个神奇的地方，
浪漫的诗篇在草地生长。
她们是神农打造的九个月亮，
送给你人间相爱的月光。

大九湖大九湖轻轻荡漾，
水清清草茫茫深情歌唱。
相爱的人拥抱着日月星光，
爱的花朵把岁月永远芬芳。

我的木屋我的家

古老的木屋收藏着牵挂，
从前的故事就在楼上楼下。
星星的眼睛在窗户里眨呀眨，
月亮歇在屋顶上开出一朵绣球花。

曾经的少年是一片嫩芽，
沐浴着风雨伴随木屋长大。
时光的长青藤在栏杆上爬呀爬，
冬暖夏凉的日子说不完的知心话。

我的木屋我的家，
小桥流水站在月光下。
回归大自然感受淳朴典雅，
她是一幅乡愁不老的图画。

我的木屋我的家，
怀抱梦想把诗意挥洒。
青春从这里走向海角天涯，
我们一起朝着幸福出发。

堂纺叠绣追梦人

白云深处，松柏镇头，堂纺叠绣伴春秋。
有一群幺妹巧手，铺开一片锦绣。
小桥流水，捧出那山水灵秀。
田园情歌，唱出来月满西楼。

风吹杨柳，新月如钩，堂纺叠绣相思愁。
到底是爱得太真，还是爱得太久？
多情岁月，就是那一坛老酒。
挑花绣朵，把美丽长相守候。

春去了，秋来了，青山不老水长流。
我为你飞针走线，总有那暗香盈袖。
风悠悠，歌悠悠，歌声飞到山外头。
你和我情深意长，一起把梦想追求。

花开了，花谢了，春色长留家门口。
我看你刚强的背后，也有那无限温柔。
情悠悠，爱悠悠，哪怕风雨岁月稠。
你看我如水的明眸，相伴你天长地久。

老辈子，开源头，三寸金莲把鲜花绣。
绿水青山一幅画，麒麟送子添福寿。
后来人，显身手，多层叠绣把诗意留。
神农架的山林金丝猴，人见人爱看不够。

阳新的太阳天天新

天上撒下一把星，
一个个湖泊亮眼睛。
地上弹起一把琴，
一条条河流唱风情。
春风喊醒了嫩竹笋，
秋雨打湿了油茶林。
富水的渔舟摇啊摇，
摇出了鲤鱼跳龙门。

七峰山上南岩岭，
一座座山峰抱白云。
仙岛湖风光看不尽，
一个个山洞藏诗韵。
采茶戏唱出了古今情，
印子粑印出了乡土心。
湿地的天鹅飞呀飞，
飞到了天堂送温馨。

山也青，水也清，
阳新的太阳天天新。
鱼米之乡暖人心，
和谐的家园万年春。

每天都是新太阳

百湖乡，鱼米乡，
每天都是新太阳。
顶天立地七峰山，
悠悠富水入长江。
你听那雨后春笋把歌唱，
你看那千支苎麻情意长。
山川灵秀好风光，
和谐的家园是天堂。

金铜乡，油茶乡，
每天都是新太阳。
麦浪滚滚秧苗壮，
剥开莲蓬吐清香。
你听那今古传奇采茶戏，
你看那游客穿梭来观光。
人物风流写诗章，
幸福的生活入梦乡。

阳新啊阳新我家乡，
每天都是新太阳。
阳新啊阳新太阳红，
锦绣明天更辉煌。

好山好水好风光

有一座小城在水一方，
从这里流过岁月沧桑。
百湖荡漾鱼米乡，
到处都是园林的画廊。
七峰灵秀收藏万象，
富河多情拥抱长江。
仙岛湖一片好风光，
那是和谐家园梦里水乡。

有一座小城明珠闪亮，
在这里生长激情和梦想。
红色土地油茶香，
每天都是新生的太阳。
采茶戏牵动千古情肠，
布贴画传播万道春光。
看人物风流写诗章，
那是幸福生活人间天堂。

好山好水好地方，
每天都是新太阳。
好山好水好风光，
锦绣明天更辉煌！

太阳天天新

太阳天天有，太阳天天新，
每天不一样，都是好风景。
一座座青山拥抱着白云，
一个个湖泊擦亮了眼睛，
一条条河流唱出了风情，
一片片田野铺开了织锦。

太阳天天有，太阳天天新，
每天不一样，都有好心情。
一颗颗星辰温暖着梦境，
一滴滴汗珠变成了黄金，
一对对青年收获了爱情，
一个个老人找回了童真。

太阳天天有，太阳天天新，
世界正年轻，越活越有劲。
允满阳光的家园和睦温馨，
我们在阳光下相爱相亲。

放歌柴埠溪

天上的神仙吹竹笛，
吹出来一个柴埠溪。
神奇的大峡谷，
美丽的土家女。
胜过人间的大手笔。

走进柴埠溪，风光好神秘。
奇峰三千座，栈道悬绝壁。
转山九道弯，通天百步梯。
唱起五句子，顶天又立地。
扯起粗喉咙，望天吼一曲。

走进土家寨，客人好欢喜。
满山女儿红，云雾做嫁衣。
喝的苞谷酒，吃的腊猪蹄。
跳起摆手舞，锣鼓动天地。
妹娃长得乖，风情数第一。

天上的神仙吹竹笛，
吹出来一个柴埠溪。
请来柴埠溪打一杵，
一杵打在那白云里，
一杵留在那美梦里。

柴埠溪情歌

柴埠溪的土家妹，
柴埠溪的花。
柴埠溪的山和水，
送给妹妹做陪嫁。
采朵喇叭花，
迎亲当唢呐，
摘朵杜鹃头上插。
剪一片白云哟，
送给你做婚纱。

柴埠溪的土家寨，
柴埠溪的家。
柴埠溪的姐和妹，
都来陪你唱哭嫁。
采朵山茶花，
结亲当头帕，
摘个月亮当船划。
搬一座天桥哟，
抬着你到婆家。

对嘴岩上靠拢堆

不怕神来不怕鬼，
高山顶上嘴对嘴。
恩恩爱爱一辈子，
千年万年不后悔。
脸对脸，靠拢堆，
众人面前心不亏。
要做人间天仙配，
实实在在活一回！

不怕官来不怕匪，
该对嘴时就对嘴。
哪怕天上滚炸雷，
哪怕地上发大水。
脸对脸，靠拢堆，
只能上前不能退。
要学梁祝蝶双飞，
生生死死在一堆！

春风吹过大峡谷

风哟雨哟，你在哪山留恋？
云哟雾哟，你在哪峰缠绵？
吹散吧，柴埠溪的云和雾，
让我把山和水，
深情地看一眼。
啊！树是常青的树，
泉是不老的泉。
悠悠的茶马道，
鲜鲜的红杜鹃。
我爱柴埠溪的大峡谷，
我爱云开雾散的春天。

花哟草哟，开放爱情的诗篇。
溪哟瀑哟，弹响远古的琴弦。
歌唱吧，柴埠溪的布谷鸟，
让我把诗和画，
仔细地读一遍。
啊！土家的吊脚楼，
美丽的桃花源。
静静的山谷里，
远远地飘炊烟。
我爱柴埠溪的大峡谷，
我爱山清水秀的家园。

柴埠溪的传说

柴埠溪的故事长又长，
柴埠溪的传说映霞光。
想当年，路迢迢，
土王出征到南方。
令牌亮相战鼓响，
雄兵虎将旌旗扬。
兵在吼，马在叫，
士兵个个好儿郎。
抗击倭寇打豺狼，
不打胜仗不回乡。

柴埠溪的故事悲又壮，
柴埠溪的传说映火光。
想当年，路遥遥，
土王带兵离家乡。
刀光剑影洒热血，
冲锋陷阵斗志昂。
刀对刀，枪对枪，
烽烟滚滚尘土扬。
土王战死在疆场，
老天落泪雨茫茫。

想当年啊祭土王，
望穿秋水望月光。
留下一对母子岩，
日日夜夜望南方。
留下红叶满山岗，
血染的战袍放光芒。

后河之歌

后河的山，后河的水，
后河的奇山异水最美丽。
绿水长流潺潺响，
青山不老年年翠。
喝一口后河的水呀，
清凉爽口带甜味。

后河的兰，后河的梅，
后河的奇花异木最珍贵。
红豆结果相思泪，
珙桐开花鸽子飞。
摘一棵后河的草呀，
芬芳扑鼻带香味。

后河的鸟，自由的飞，
后河的奇禽怪兽最神威。
华南虎在此留脚印，
娃娃鱼摇头又摆尾。
唱一首后河的歌呀，
风吹林海带土味。

后河的故事动人心弦，
后河的美酒令人心醉。
后河的土地神秘原始，
后河的山水永放光辉。

美丽的远安

有一条沮水从门前流过，
流水中藏着楚人的传说。
有一只鸣凤在山上唱歌，
歌声点燃道家的香火。
秋风吹过了丹霞胜境，
春雨染绿了田园村落。
啊，我的远安我的家，
远山近水处处画。
太阳月亮在这里穿梭，
美丽的远安天地人和。

有一段城墙历经风雨洗磨，
城墙中流着祖先的血脉。
有一个古镇叫嫘祖故里，
田野开满梦想的花朵。
花鼓唱出了人间烟火，
皮影穿过了岁月长河。
啊，我的远安我的爱，
楚风遗韵处处歌。
相亲相爱在这里结果，
美丽的远安幸福生活。

锦绣山川远安美

远安的山，远安的水，
山清水秀最优美。
沮出荆山如翡翠，
鸣凤朝阳歌声脆。
老街古镇有滋味，
丹霞胜境丹青绘。
沮漳风情春光媚，
世外桃源尽朝晖。

远安的哥，远安的妹，
人杰地灵最有味。
嫘祖故里织锦被，
关公回马英雄泪。
农家花鼓一台戏，
深山皮影一枝梅。
楚风遗韵惹人醉，
和谐家园展翅飞。

远安美，远安美，
幸福吉祥春风吹。
踏歌起舞把梦追，
远安的风采更壮美！

远安渔灯

洋洋儿悠喂洋洋儿悠——

打起牛皮扎的鼓，
敲响青铜打的锣。
跳起远安渔灯舞，
花开九里十八坡。
喊一声洋洋儿悠，
山歌就飞过了河。

太阳慢慢爬上坡，
照亮门前一条河。
水上漂来水上梭，
鱼跳龙门唱新歌。
荷花出水千万朵，
好日子越过越快活。

洋洋儿悠喂洋洋儿悠！

特别的亲水邀请特别的你

像一条青龙落在峡谷里，
特别的亲水邀请特别的你。
悠悠西河清澈见底，
莽莽群山陡峭如壁。
让我们一叶扁舟凌波踏浪，
在自然中感受青春的气息。
到灵龙峡来吧！
玩的就是心跳，
爱的就是美丽，
唱的就是特别有味的山曲。

像一条青龙落在峡谷里，
特别的亲水邀请特别的你。
青青桑田激情焕发，
层层茶园芳香扑鼻。
让我们一轮明月踏歌起舞，
在山水中吟唱爱情的诗句。
到灵龙峡来吧！
走的就是山路，
过的就是节日，
等的就是一见钟情的欢喜。

啊，灵龙峡留下青龙的传说，
啊，灵龙峡留下嫘祖的足迹。
特别的亲水邀请特别的你，
让我们一起亲近天堂的土地。

宜都礼赞

长江流过来，
清江流过来，
流到宜都合起来。
合起来呀合起来，
一江春水放光彩，
奔流到大海。

梆鼓敲起来，
渔鼓唱起来，
唱红宜都大舞台。
唱起来呀唱起来，
地灵人杰出英才，
风流传万代。

走进潮音洞

小河边青山翠竹奇石雄，
筐山上藏着一个潮音洞。
白虎神长啸岁月悠悠，
吊脚楼守望春夏秋冬。
走进潮音洞，
走进桃源洞。
中华巨柱泰山重，
潮水交响壮心胸。
酒一盅，茶一盅，
历史烽火映红了，
金戈铁马月如弓，

小镇上莺歌燕舞送春风，
渔洋河青山绿水波涛涌。
五句子歌唱果农茶农，
巴山舞展望飞龙彩凤。
走进潮音洞，
走进水晶宫。
旱洞水洞两相连，
洞中荡舟水淙淙。
酒一盅，茶一盅，
时代篝火照亮了，
小桥流水灯笼红。

有个地方叫丹阳

有个地方叫丹阳，
就像太阳傍长江。
地灵人杰传说多，
千年古镇岁月长。

春也好，秋也好，
四季都有好风光。
麦苗儿青青菜花儿黄，
紫荆树下歇荫凉，
桔子红了灯笼笑，
渔舟晚了橹声香。
哥在船头把歌唱，
妹在河边洗衣裳，
一方水土一幅画，
画中的山水情意长。

码头边，河堤上，
处处都是好地方。
划起龙船过端阳，
玩起龙灯锣鼓响，
说起故事开书场，
踩起高跷走四方。
火笼腊肉腌鸭蛋，
清蒸鲢鱼龙凤糕，
一方水土一方人，
好日子过得格外香。

有个地方叫丹阳，
巴楚遗风源流长。
地灵人杰故事多，
一颗明珠耀峡江。

丹阳渔歌

你看那江水长流，
流到了我的家门口。
你听那涛声依旧，
响在了我的心里头。
男人就是柏木船，
踩惯了波涛竞风流。
女人就是月亮湾，
风里呀雨里把船留。

你看那山清水秀，
秀出了情丝悠悠。
你听那嘹亮的歌谣，
唱得鱼儿浪中游。
太阳就是红绣球，
抱在了哥哥怀里头。
月亮就是一把梭，
送给呀妹妹织锦绣。

出门进门把歌吼，
船歌拍着江水走。
妹妹轻轻地扯衣袖，
哥哥笑得合不拢口。
糯米酒，举过头，
酒碗里的岁月稠。
日如歌，月如流，
渔歌呀满江唱丰收。

枝城乡土情

你是千年的古镇，
又是那样的美丽年轻。
你是三峡的东门，
又是那样的繁荣昌盛。
长江和清江，
在这里亲密的拥抱；
高山和平原，
在这里华丽的转身。
你是生我养我的地方，
你是我的宜都我的枝城。

你有最美的风景，
又是那样的心心相印。
你有最亮的歌声，
又是那样的朴素深沉。
高山和流水，
在这里组合成梦境；
男人和女人，
在这里和谐的生存。
你是生我养我的家园，
你是我的日月我的星辰。

江畔情歌

日落西山飞晚霞，
听我喊一声心上的她。
姑娘呀，姑娘呀，
你是我心中的一朵花。
有过多少风吹雨打，
总是难忘青梅竹马。
等到那长江捧出一弯月牙，
我和你通宵说个痴心话。

桨声灯影雪浪花，
听我喊一声心上的她。
姑娘呀，姑娘呀，
你是我心中的一幅画。
一串渔歌唱出风华，
一壶烧酒酿出佳话。
等到那腊梅花开吹响唢呐，
我把你一抬花轿接回家。

天有多高，地有多大，
爱要生根，情要发芽，
好日子凝结在月光下，
好日子凝结在月光下。

会唱歌的花

传说中有一朵爱情花，
开在江边月光下。
春风吹过就发芽，
秋雨落下就长大。
花开的声音会唱歌，
花开的日子飘彩霞。

传说中那一朵爱情花，
我在心中爱上她。
唱起渔歌水灵灵，
唱起山歌火辣辣。
多情的岁月会圆梦，
多情的歌声传天涯。

好一朵爱情花，铺开了一幅画。
生在长江边，长在阳光下。
好一朵爱情花，吹响了金唢呐。
开在腊月里，香在哥哥家。

醉美九河

白云悠悠水长流，
古道弯弯坡上走。
青青柳丝吐新芽，
花果飘香胜美酒。

炊烟袅袅人依旧，
风吹桃花落肩头。
梦里老家一幅画，
乡村风情画中游。

九河美，看不够，
九道溪水情悠悠。
九河的男人最多情，
九河的女子最温柔。

九河美，唱不够，
九道溪水醉乡愁。
九河的山水唱情歌，
九河的大地织锦绣。

美丽的九道河

清清的流水请你告诉我，
是谁把九道溪编织成河？
长长的柳丝吐新芽，
弯弯的小路绕山坡。
碧水荡漾着白云朵朵，
总是从我的梦中流过。
九道河，美丽的九道河，
你留下多少神奇的传说？
九道河，美丽的九道河，
你绽放多少诗意的花朵！

红红的桃花请你告诉我，
是谁把桃花源藏在山窝？
哥爱着妹呀妹爱哥，
山村的故事情意多。
爱心点亮了人间烟火，
总是在对我悠悠诉说。
九道河，美丽的九道河，
你生长多少相思的红果？
九道河，美丽的九道河，
你流淌多少相爱的情歌！

我爱枝城姑娘嘎

一条大河流过我的家，
养出了蛮标致的姑娘嘎。
那一天在江边月光下，
看见她我就爱上了她。
黑溜溜的眼睛会说话，
圆溜溜的酒窝笑开了花，
直溜溜的身材水蛇腰，
甜溜溜的歌声弹琵琶。
嗨呀嗨呀姑娘嘎，
从此我心里放不下。
你莫嫁别人嫁我吧，
腊月间就把你娶回家！

一条大河流过我的家，
养出了蛮标致的姑娘嘎。
那一天她答应嫁给我，
她是我心中的活菩萨。
银灿灿的月亮白不过她，
香幽幽的桂花香不过她，
甜咪咪的柑子甜不过她，
红艳艳的牡丹比不上她。
嗨呀嗨呀姑娘嘎，
从此黑夜里飘彩霞。
你陪我春秋又冬夏，
好日子就像那一幅画！

太阳照亮潘家湾

潘家湾，好地方，
青山绿水好风光。
眼望梁山南武当，
石羊河边把歌唱。
茶青青，柑橘香，
山路弯弯写诗章。
古老石林拨琴弦，
多情岁月说沧桑。

潘家湾，好地方，
风情万种土家乡。
打铁榨油编篾筐，
推磨筛笼把线纺。
哭嫁歌，伴火塘，
山歌牵出来弯月亮。
古色古香吊脚楼，
白云挂在屋檐上。

太阳照亮潘家湾，
乡情绵绵歌飞扬。
土家初心永不忘，
和谐的家园绣春光。

太阳照亮潘家湾，
一天一个新模样。
金山银谷家乡美，
幸福的日子万年长。

歌唱枝江大曲

正是一棵大树，
带来青枝绿叶的荫凉。
正是一条长江，
带来奇山异水的风光。
正是一轮明月，
带来合家团圆的欢畅。
正是一杯枝江，
带来八月十五的月光。
啊，枝江大曲，
啊，大曲枝江。
枝与枝热情拥抱，
江与江深情歌唱。
人与人真诚相爱，
人间就会变成天堂。

正是一部史记，
带来传统文化的诗章。
正是一罐老酒，
带来百年字号的辉煌。
正是一种乡愁，
带来借酒消愁的忧伤。
正是一首唐诗，
带来把酒问月的良宵。
啊，枝江大曲，
啊，大曲枝江。
枝与枝热情拥抱，
江与江深情歌唱。
人与人真诚相爱，
人间就会变成天堂。

枝江祝酒歌

端起家乡的酒碗，
像那桃花村绽放的花瓣；
一片连着一片，
装扮那青梅竹马的红颜。
枝江自古出好酒，
烧春酒烧出了桃花天。
江口酿出的谦泰吉，
一香就香透了上百年。

搬出古老的酒坛，
像那玛瑙河编织的画卷；
一湾接着一湾，
描画那锦绣水乡的春天。
枝江自古是粮仓，
布谷鸟喊醒了大平原。
五谷飘香的丰收歌，
一唱就唱到了白云间。

啊，端起酒碗，搬出酒坛，
唱起祝酒歌，天地笑开颜！
啊，端起酒碗，搬出酒坛，
唱起祝酒歌，幸福万万年！

秋谷山酒歌

磨坪乡，山水秀，
秋谷山自古出好酒。
五谷杂粮最养人，
美酒相伴岁月稠。

老岩洞，清泉流，
酿出的好酒有来头。
回味醇香惹人爱，
笑傲江湖无忧愁。

喝了秋谷酒，喜事天天有。
醉了山沟沟，香了山外头。
喝了秋谷酒，哥妹手牵手。
一盏红灯笼，照亮家门口。

喝了秋谷酒，浑身雄赳赳。
下河划龙船，上山摘星斗。
喝了秋谷酒，追梦大步走。
一曲祝酒歌，把酒唱丰收。

我的家乡在长阳

长阳长不长？
你去问天上的太阳。
清江清不清？
你去问水里的月亮。
土家的男人壮不壮？
你去问风雨中的山岗。
土家的女人美不美？
就问你心里想不想。
啊……
清江，我的母亲河！
长阳，我的金太阳！

山歌多不多？
你去问天上的星光。
南曲香不香？
你去问山寨的火塘。
薅草的锣鼓响不响？
你去问山那边的姑娘。
巴山舞跳得爽不爽？
就问你脚板痒不痒。
啊……
清江，我的母亲河！
长阳，我的金太阳！

我的家乡就是天堂

听我喊一声爹娘，
听我唱一声家乡。
叫人爱的是风光，
给人美的是画廊。
早晨划船去峡江，
太阳坐在船头上。
晚上摇橹把家归，
一颗颗星星挂渔网。
无论走到四面八方，
我的家乡就是天堂。

听我喊一声爹娘，
听我唱一声家乡。
叫人爱的是姑娘，
给人美的是梦想。
喝了一口峡江水，
桃花开在心坎上。
不唱情歌喉咙痒，
唱醉了月亮落峡江。
无论走到天涯海角，
我的家乡就是天堂。

愚人岛的故事

愚人岛，快乐园，
岛上的故事流清泉。
清江围着绿岛转，
山光水色如诗篇。
下河能潜水，
翱翔能飞天。
烧一堆篝火来跳舞，
歌儿唱得月儿圆。

愚人岛，快乐园，
岛上的故事飘云烟。
水上摩托画中画，
钓鱼烧烤鲜又鲜。
小伙爱唱歌，
姑娘会划船。
驾一只小船去看郎，
妹儿笑得姐儿甜。

愚人岛的故事说不完，
锦绣风光桃花源。
花香酒香愚人岛，
多情多梦快乐园。

温泉山庄

说什么瑶池仙境是天堂，
怎比得人间的温泉山庄。
温泉是一个美丽的传说，
神女的故事传遍四方。
高高低低的山岗，
那是神女挺起的胸膛；
弯弯拐拐的清江，
那是神女梳妆的地方。
哦，温泉山庄，温泉山庄！
看见你温柔的目光，
就看见我心爱的姑娘。

说什么世外桃源是梦乡，
怎比得人间的温泉山庄。
温泉是一个美丽的画廊，
伴峡的风光神采飞扬。
长长短短的歌谣，
那是诗人梦里的月光；
红红火火的漂流，
那是船工生命的太阳。
哦，温泉山庄，温泉山庄！
走进你温暖的怀抱，
就走进我思念的家乡。

唱给家乡的歌

我在很远很远的地方，
想家想得热泪淌。
那里的山水美，
那里的饭菜香。
那里有一个可爱的姑娘，
她的名字叫清江。
家乡是一只美丽的凤凰，
振翅一飞上天堂。
无论我走到天涯海角，
总要不断地把你回望。

我在很远很远的地方，
想家想得人断肠。
那里是生养地，
那里是歌舞乡。
那里有我的亲爱的爹娘，
把儿系在心尖上。
家乡是一条宽广的大河，
风吹两岸稻花香。
无论我走在故乡他乡，
总要深情地为你歌唱。

龙进溪情歌

龙进溪水绿悠悠，
土家的妹子站船头。
情也柔来歌也柔，
人见人爱看不够。
唱得那太阳红了脸，
唱得那月亮害了羞。
唱出个哥哥划船来，
把你接进吊脚楼。

龙进溪水绿悠悠，
剪一段绿水做彩绸。
山也秀来水也秀，
吊脚楼上滚绣球。
滚得那轿子红了天，
滚得那唢呐醉了酒。
跑出个哥哥笑弯腰，
山花为你插满头。

龙进溪水绿悠悠，
情歌声声把妹逗。
唱不够来爱不够，
三峡人家最风流。

红樱桃

这山望见那山高，
山上一颗红樱桃。
红樱桃是个好姑娘，
红红的脸巴红衣裳。
看得那汉子睡不着觉，
一夜唱到大天亮。

红樱桃呀红樱桃，
心也灵来手也巧。
跳舞就像风摆柳，
唱歌就像百灵鸟。
好姑娘听我对你讲，
一定要嫁给我做婆娘。

六杯酒

一杯酒唱三峡，
西陵山水天下佳。
三峡人家好风光，
一年四季美如画。

二杯酒唱三峡，
灯影奇石传天下。
大禹治水石令牌，
一江春水走天涯。

三杯酒唱三峡，
巴王宫上吹唢呐。
白虎后人展雄风，
农耕传奇一幅画。

四杯酒唱三峡，
龙进溪畔开鲜花。
敲锣打鼓抬轿子，
土家女儿要出嫁。

五杯酒唱三峡，
蛤蟆泉边好喝茶。
编钟古乐涛声响，
楚水巴山披彩霞。

六杯酒唱三峡，
说不完的知心话。
劝君更尽一杯酒，
天下朋友是一家。

莲花一样的车溪

在长江西陵峡附近，
有一个莲花一样的车溪。
这里的高山流水，
牵动你源远流长的记忆。
这里的巴楚风情，
带给你古老淳朴的乡情。

溶洞的莲台十八级，
那是莲花一级接一级。
峡谷的腊梅十八里，
那是灯笼一里接一里。
车溪的山路十八弯，
那是山歌一句接一句。

点燃篝火跳起摆手舞，
敲响锣鼓表演皮影戏，
围上皮裙走进打铁铺，
脚踩水车唱起故乡情，
眉开眼笑推起独轮车，
苞谷酒飘来了阵阵香气。

看不尽的农家风光，
说不完的诗情画意。
车溪的歌谣是催春的风雨，
车溪的风景是秋收的柑橘。
哦，车溪，莲花一样的车溪，
她是大自然美丽的精灵。

清风西陵

清风从西陵吹过，
吹暖了人们的心窝。
清风从西陵吹过，
吹开了满园花朵。
吹进机关吹进社区吹进学校，
每个角落都有清风在抚摸。
一颗公仆心坚守阳光的承诺，
一首正气歌唱响岁月的长河。
清风西陵！
山鸣水和！
廉洁的清风把道路开拓，
让我们共享美好生活。

清风从西陵吹过，
吹暖了人们的心窝。
清风从西陵吹过，
吹开了满园花朵。
吹进农村吹进企业吹进家庭，
每个窗口都有阳光在闪烁。
一腔爱民情点燃万家灯火，
一副铁肩膀扛起百姓的重托。
清风西陵！
天地祥和！
廉洁的清风把幸福收获，
让我们共享美好生活。

我家住在石板溪

我家住在石板溪，
温馨魅力的好社区。
大街小巷春常在，
红花绿树好安居。
万家灯火一幅画，
画出一片新天地。

我家住在石板溪，
文明和谐的好社区。
街坊邻居一家亲，
盛世太平添福气。
万人同唱一首歌，
唱得明天更美丽。

阳光照亮土街头

长江水，向东流，
流过我的家门口。
三江桥下北外街，
大街小巷情悠悠。
情悠悠，爱悠悠，
扶贫助残手携手。
为民服务办实事，
和谐社区解忧愁。
阳光照亮土街头，
万道金光织锦绣。

几度春，几度秋，
阳光家园岁月稠。
打起腰鼓划龙舟，
琴棋书画乐悠悠。
乐悠悠，歌悠悠，
星光灿烂映高楼。
道德讲坛化雨露，
文明社区争上游。
阳光照亮土街头，
大路朝天向前走。

伍家岗，我的家乡

一条长江向东流，
流过我的家门口。
一条大路沿江走，
大路朝阳岁月稠。
一座天然塔，挺胸又昂首。
一个龙盘湖，眉清又目秀。
美丽的伍家岗天高地厚，
和谐的家园与幸福牵手。

一条铁路无尽头，
四通八达连九州。
一条商道看不够，
十里高楼接星斗。
一个物流园，汗水写春秋。
一个深水港，百舸争上游。
美丽的伍家岗尽显风流，
青春的脚步向梦想奔走。

啊，魅力的新城放开歌喉，
我们和家乡相爱相守。
腾飞的新城追赶潮流，
我们的家乡前程锦绣！

歌唱家乡伍家岗

朝着太阳升起的方向，
那里是我的家乡伍家岗。
她是宜昌的东大门，
锦山秀水鸟语花香。
天然塔经历岁月沧桑，
龙盘湖风光美如画廊。
这是一个美丽富饶的地方，
一条大河流淌着诗意的月光。

朝着长江奔流的方向，
那里是我的家乡伍家岗。
她是三峡的深水港，
百舸争流春风浩荡。
宜昌东站连接四面八方，
三峡机场银鹰展翅飞翔。
这是一座充满魅力的新城，
一颗明珠闪耀着青春的光芒。

啊，我的家乡伍家岗，
龙腾凤舞把歌唱。
和谐的家园安居乐业，
幸福的生活地久天长！

我的伍家我的爱

过了一坝又一坝，
长江奔流到伍家。
左手一指龙盘湖，
右手一指天然塔。
你看那大地铺锦绣，
处处是诗又是画。
走进宜昌的东大门，
醉了晨曦醉晚霞。

开了桃花开桂花，
春来秋往唱伍家。
物流园里送温暖，
十里高楼挂月牙。
你看那铁路接远方，
深水良港连天涯。
追赶梦想的伍家人，
爱了家乡爱天下。

啊，我的伍家我的爱，
我的温暖我的家。
我的城市与世界对话，
我的日子越过越潇洒。
好事一连串，
喜事一大把，
伍家的春天最美丽，
流金的岁月放光华！

屹然

天然塔阳刚屹然
挺立在峡江边踏平波澜。
龙盘湖温柔屹然，
抚摸着万紫千红的春天。
火车东站热情屹然，
迎来送往天天都在过年。
三峡机场胸怀屹然，
银鹰在天上穿越云衫。

塔屹然湖屹然码头屹然，
山屹然桥屹然大厦屹然，
伍家人青春屹然，
新城崛起魅力屹然。

物流园温暖屹然，
一米又一米阳光灿烂。
深水港风景屹然，
百舸争流书写新的诗篇。
十里高楼灯火屹然，
灯光照亮了每一张笑脸。
沿江大道美丽屹然，
鲜花装点着岁月的红颜。

歌屹然舞屹然豪情屹然，
心屹然梦屹然伍家屹然，
伍家人初心屹然，
长江情怀永远屹然。

家在江之南

有一座青山守望在江边，
有一条小河流淌在心田。
春雨染绿了茶山的诗篇，
秋风吹红了橘园的画卷。
古老的民歌中飘着炊烟，
水乡的船儿摇醉了思念。
家在江之南哟，
家在江之南！
和谐的家园就是做梦也香甜，
幸福的生活写在清山秀水间。

有一个龙洞古老又新鲜，
有一道峡谷多情又缠绵。
老街诉说着古镇的遥远，
大桥连接着新城的笑颜。
金色的岁月绽开了花瓣，
古人的点兵场变成了花园。
家在江之南哟，
家在江之南！
长长的江岸铺开时代风景线，
美丽的梦想顺着大路到永远。

歌 词 三 百 首

可以唱的诗　可以读的歌

———— 甘茂华歌词选集

第 四 辑

○
○
●

歌 飞 在 大 地

梅花魂

在那冰封雪锁的寒冬，
一缕缕梅香弥漫风雪中。
她站在梅树最高处，
用生命点燃一盏盏灯笼。

每当人间迎来万紫千红，
一朵朵梅花融入泥土中。
她笑在百花最深处，
用爱心呼唤一阵阵春风。

梅花香，苦寒生，
梅花美，爱深沉。
要做梅花一样的人，
最难一颗梅花魂。
不要人夸颜色好，
只留清气满乾坤。

忆长安

丝绸路，路漫漫。
驼铃响，忆长安。
大漠有孤烟，长河落日圆。
织成一条金纽带，山连水合唱阳关。

丝绸路，路漫漫。
羌笛吹，忆长安。
古道西风寒，胡杨舞翩跹。
结成一条红丝带，他乡故乡共婵娟。

忆长安啊梦不断，追梦路上留诗篇。
丝绸之路歌声远，友谊花开万万年。

中国强起来

总想起金鸡报晓的豪迈，
从此后中国人民站起来。
推翻大山扫除阴霾，
阳光灿烂歌声澎湃。

总难忘春天故事的风采，
一步步中国人民富起来。
改革开放面朝大海，
神州大地春暖花开。

总记得百舸争流的气派，
为梦想中华民族强起来。
不忘初心爱的情怀，
新的征程新的时代。

强起来，强起来，
我们的中国强起来。
让黄河长江拥抱未来，
复兴的号角响彻天外。
让共同的命运结成纽带，
世界因我们更加精彩！

中国的属相

天干地支数一数，
中国的属相就是牛。
神牛出世东方红，
照亮四海和五洲。
黄河流，长江流，
改天换地岁月稠。
老黄牛，硬骨头，
艰苦创业播春秋。
五十六个民族五十六朵花，
满园花开山河秀。

天干地支数一数，
中国的属相就是牛。
神牛走进新时代，
神州万里舒广袖。
山外山，楼外楼，
龙飞凤舞信天游。
拓荒牛，不回头，
改革开放织锦绣。
五十六个民族五十六首歌，
大地飞歌唱风流。

放歌中国梦

我为中国梦放声歌唱，
这个梦穿越五千年沧桑。
黄河长江梦中流淌，
火光中飞出再生的凤凰。
梦在激流中劈波斩浪，
梦在寒风里融冰化霜。
为了实现中华民族伟大复兴，
中国梦集合万马奔腾的力量。

我为中国梦放声歌唱，
这个梦屹立世界的东方。
万里长城扛在肩上，
黄土地涌动热血的滚烫。
梦在春播中万千气象，
梦在秋收时厚重宽广。
为了实现中华民族伟大复兴，
中国梦朝着太阳升起的方向。

咏唱中国茶

中国茶，顶尖茶，
一壶茶，乾坤大。
水中绽放如莲花，
意韵悠长品风雅。
深山中，发嫩芽，
云开雾散映彩霞。
饮茶细说知心话，
人间知音遍天下！

中国茶，顶尖茶，
茶如诗，茶如画。
东方文化有灵气，
天地日月聚精华。
走海角，走天涯。
风情万种最潇洒。
神清气爽一盏茶，
宁静祥和香万家！

情在草原

我们拉响马头琴，
琴声飘出奶茶香。
我们捧起哈达和美酒，
幸福就像花儿开放。
唱起古老的长调，
蓝蓝的天上白云飘；
看那摔跤的健将，
草原的雄鹰亮翅膀。
赛马的鼓点一响再响，
蒙古包就是英雄的家乡。

我们走向母亲河，
流水飘出乳汁香。
我们走遍青山和草原，
天也辽阔地也宽广。
点燃欢乐的篝火，
头顶着水晶的月亮；
听那牧羊的姑娘，
优美的歌声传四方。
敖包相会唱了又唱，
草原的爱情地久天长。

湘西凤凰

湘西有个金凤凰，
南方北方美名扬。
青山秀水好风光，
土家苗家情意长。
路有石板路，
桥有风雨桥，
楼有吊脚楼，
墙有老城墙。
金凤凰哟金凤凰，
一条龙船两头翘，
一支山歌绕沱江。

湘西有个金凤凰，
东方西方美名扬。
地灵人杰出大家，
诗情画意写华章。
土家有土布，
老屋有祠堂，
苗家有苗寨，
边城有边墙。
金凤凰哟金凤凰，
一壶老酒邀明月，
一双草鞋走故乡。

黔江之恋

有一条阿蓬江清清亮亮，
迷人的传说日夜流淌。
有一脉武陵山威武雄壮，
多情的故事在山中收藏。

阿哥的肩膀挑起太阳，
盐道的歌声穿越沧桑。
阿妹的双手捧出月亮，
廊桥的灯火雕刻时光。

这是一个美丽的地方，
土苗儿女相爱在家乡。
扯不断的红丝线系在心上，
一头拴着太阳，一头拴着月亮。

爱在黔江

是谁把银河牵到了黔江?
阿蓬江的传说日夜流淌。
是谁把天堂搬到了家乡?
武陵山的故事如花绽放。

谁家的儿郎挑起了太阳?
古盐道的歌声穿越沧桑。
谁家的姑娘捧出了月亮?
风雨桥的夜色雕刻时光。

这是一个美丽的地方,
这是我们可爱的家乡。
土苗儿女情深意长,
跟着日月走向远方。

父母恩情

再高的山也有根，
再长的河也有源。
血脉流淌在心里边，
父母的恩情说不完。
所有的艳阳天，
都有父母露出的笑颜。
所有的风雨天，
都有父母撑开的雨伞。
哪怕走过万水千山，
永远走不出父母的视线。
母亲是河，父亲是山，
夕阳无限，就在身边！

再远的路也有边，
再大的海也有岸。
血脉温暖在爱里边，
父母的恩情说不完。
所有的登山路，
都有父母顶起的双肩。
所有的夜航船，
都有父母点亮的灯盏。
哪怕走得天远地远，
永远走不出父母的心田。
太阳永远，月亮永远，
大爱无疆，就在人间！

祝福母亲

总有太多的童年梦，
总有太多的感恩话。
让我们像儿时一样，
喊您一声妈妈！

您为儿女操劳一生，
满头青丝变成白发。
您把儿女养大成人，
千里万里还在牵挂。
如果有一个梦，
能陪伴我们走遍天涯；
雨中您就是天堂伞，
雪中您就是报春花。
在那风雨中在那阳光下，
您就是我们心中，
永远不倒的一座塔。

您的目光依然慈祥，
望见海角望见天涯。
您的话语依然亲切，
穿过平原穿过海峡。
如果有一滴水，
能滋润我们青春焕发；
家就是一碗清泉，
家就是一朵浪花。
在那家门口在那月光下，
您就是我们心中，
永远不老的一幅画。

总有太多的童年梦，
总有太多的感恩话。
让我们像儿时一样，
喊您一声妈妈！

妈妈就是家

走千里，走万里，
妈妈在哪里，
家就在哪里。
我在妈妈的怀抱里，
从小听惯了摇篮曲。
我在妈妈的目光里，
走遍祖国的山川大地。
天涯海角不算远，
妈妈和我在一起。

穿过风，穿过雨，
妈妈在哪里，
家就在哪里。
我在妈妈的歌声里，
从小学会了船夫曲。
我在妈妈的故事里，
心中升起了五星红旗。
惊涛骇浪何所惧，
妈妈和我在一起。

走千里，走万里，
穿过风，穿过雨。
妈妈在哪里，
家就在哪里。

拍着巴掌来唱歌

小朋友，排排坐，
拍着巴掌来唱歌。
一支歌，一团火，
点亮我们的心窝窝。
爷爷奶奶对我说，
从小就要爱祖国。
五星红旗迎风飘，
我们是祖国的花朵朵。

小姐姐，大哥哥，
拍着巴掌来唱歌。
一支歌，一条河，
流进我们的心窝窝。
红星闪闪照着我，
高山大河都敢过。
学习雷锋好榜样，
长大了开花结果果。

坐着火车唱春天

爷爷的爷爷盼啊盼，
奶奶的奶奶念呀念，
只盼着火车进山寨，
一个梦做了一百年。

土家的娃娃笑呀笑，
娃娃的心里甜又甜，
如今赶上了好时代，
铁路铺进了山里边。

圆溜溜呀溜溜圆，
新鲜的风景看不完，
火车穿过了山洞洞，
高桥架在那云里面。

圆溜溜呀溜溜圆，
百年的梦想大团圆，
土家娃唱起了土家歌，
坐着火车唱春天。

儿歌两首

蒲公英

鼓起嘴巴吹呀吹，吹得蒲公英满天飞。
一把一把的小花伞，飘飘扬扬把家回。
不管飞到哪儿去，落到地上笑微微。
生根发芽开了花，我们的家乡更加美。

骑竹马

一根竹竿当马骑，骑到东来骑到西。
我是三峡小娃娃，骑着马儿回家去。
去看高峡出平湖，三峡风光最壮丽。

看大坝，真神奇，五级船闸像楼梯。
水上长城一条龙，神女看了笑嘻嘻。
我骑着马儿回老家，歌唱三峡新天地。

划龙船

秧苗青，麦子黄，
五月五，过端阳。
插艾叶，挂香囊，
剥粽子，粘白糖。
我把屈原爷爷接回家，
打鼓划船过长江。
咚咚锵，咚咚锵，
咚锵咚锵咚咚锵！

船在走，鼓在响，
风在吹，歌在唱。
小水手，划起桨，
追太阳，赶月亮。
我和屈原爷爷过端阳，
划起龙船喜洋洋。
咚咚锵，咚咚锵，
咚锵咚锵咚咚锵！

听春天

我是山里娃，山寨是我家。
爱听春天的好声音，
听了心里乐开花。
你听那一江春水哗啦啦，
风吹桔园沙沙沙，
斑鸠叫春咕咕咕，
清明下雨嘀嘀嗒。
听春天呀听春天，
春天的声音在发芽。
最爱听春雷一声响天下，
喊醒了高山云雾茶。

我是山里娃，开门一幅画。
爱听春天的好声音，
说的都是知心话。
你听那唢呐迎春呜哩哇，
龙船锣鼓咚咚嚓，
细娃说话叽叽喳，
老人笑得哈哈哈。
听春天呀听春天，
春天的声音在开花。
最爱听山歌声声嗓门大，
挽起了彩霞唱天涯。

小小江豚好开心

太阳出来亮晶晶，
我到江边看风景。
江水静静流，两岸山青青，
花儿红艳艳，草儿绿茵茵。
快看快看快快看，
小小江豚好开心。

小小江豚像将军，
摇头摆尾把江巡。
哗啦一声响，昂头跳出水。
亲了蓝蓝的天，亲了白白的云。
太阳对它眨眼睛，
它张开嘴巴笑盈盈。

小小江豚好开心，
游来游去唱不停。
游回老家来看亲戚，
歌儿唱给长江听。

说明：豚，tún，读音臀，臀部的臀。

爱在城市

爱在城市的每个角落，
和谐才是美的生活。
有四季花开，
就有怀抱自然的感觉。
那些宁静自在的时光，
经得起岁月反复的雕琢。

刻在记忆的每只花朵，
都在定义新的生活。
诗意地栖居，
那是人类同唱的情歌。
那些花园深处的月亮，
写下了美丽不老的传说。

栀子花开

我的故乡在远方，
五月栀子花飘香。
雪一样的花朵是我的姑娘，
露一样的清香是我的梦乡。
山不怕高，路不怕长，
栀子花开在我的心上。
所有的风景都平常，
只有她陪我一路星光。
哦，亲爱的姑娘！
有了你这朵栀子花，
走遍天下无忧伤。

我的故乡在南方，
栀子花开过端阳。
月一样的花朵是我的渴望，
水一样的绿叶是我的诗章。
雾挡不住，风吹不掉，
栀子花日夜都在歌唱。
所有的节日都一样，
只有她送我一瓣心香。
哦，亲爱的姑娘！
有了你这朵栀子花，
人生百年沐春光。

相约在秋天

秋风在校园里轻轻荡漾，
我们又回到当年的学堂。
同学的情谊山高水长，
青春的岁月终生难忘。

我们寻找过去的脚印，
仿佛又闻到桂花飘香。
我们追忆同窗的时光，
仿佛又听到书声朗朗。
那是早晨八九点钟的太阳，
照亮了我们年轻的脸庞。

经过多少世道沧桑，
我们在风雨中学会坚强。
有过多少人生向往，
我们在困境中艰难成长。
当岁月带来了满头银霜，
我们在秋天里举杯歌唱。

人间四月天

看人间四月天最美丽，
看人间四月天最鲜艳。
春风染绿北国高原，
春雨滋润江南田间。
一行白鹭飞上青天，
燕子剪出春光无限。

油菜金黄秧苗青青，
百花盛开蝴蝶翩翩，
江河涌春潮百舸争流，
大地挥彩笔杨柳万千。

往事如烟放飞思念，
踏歌起舞唱响春天。
更新的季节时代变迁，
飞舞的龙凤勇往直前。

看人间四月天最美丽，
看人间四月天最鲜艳。
神州大地锦绣河山，
千座山万条河展开笑颜。
人间四月天春色无边，
龙的传人永远的情缘。

青春舞步

种下一棵青春树，
走出一条青春路。
站在青春的舞台上，
踏响我们青春的舞步。

架起一座青春桥，
开拓一片青春湖。
走进青春的河流中，
谱写我们青春的音符。

我们是早晨的太阳，
我们是春天的花束。
我们是大地的好儿女，
我们是擎天的顶梁柱。

踏响我们青春的舞步，
踏上振兴中华的征途。
穿过风雨，趟过激流，
描绘一幅最新最美的画图。

踏青

每年四月踏青天，
我们都要去郊外拜祭祖先。
其实祖先只剩下了一块碑，
碑上刻着密密麻麻的名单。
踏青并不是为了祖先，
这是为了给后人示范。
让后人记住一种仪式，
让后人记住一条血脉。

我们在草地上铺开塑料布，
喝酒、抽烟、唱歌、聊天。
临走的时候再看一看碑，
拍一拍手不带走一片青苔。
每年四月踏青天，
我们就这样告别了祖先。
虽然祖先只剩下了一块碑，
但是碑上刻着我们的名单。

爱的果实

充满激情的日子里我曾经大声歌唱，
白天歌唱晚上歌唱可惜没有爱来鼓掌。
转眼间夏去秋来我的青春已经变凉，
我不知道永不疲倦的是太阳还是月亮。

要么是腐烂要么是燃烧，
生命只有这两种模样。
要么是放弃要么是珍藏，
一个眼神也能酿成一壶陈年酒香。

用真心真情握紧每一份爱的希望，
爱的果实才能红得美丽而又坚强。

父亲送我上大学

记得那年收到入学通知书，
父亲一根扁担送我走出山乡。
一头是铺盖卷和新买的脸盆，
一头是母亲陪嫁的红漆木箱。
翻过高高的山头，
走下弯弯的山道；
小花狗跟在父亲的身后，
一路上叫得汪汪。

记得那年收到入学通知书，
父亲卖掉年猪又卖掉口粮。
他叫我要和城里的同学搞好关系，
还要不抽烟不喝酒注意健康。
山下是汽车站，
有很多父亲聚在路旁；
那时太阳刚刚出山，
把小河照得亮亮。

一转眼大学毕业应聘上岗，
忙着上班忙着恋爱忙着买房。
忘记了小山村和父亲的扁担，
忘记了老母亲的白发银霜。
父亲又挑着扁担走进城来，
一头是鸡蛋一头是棉袄。
我问一声爹好娘好妹妹好，
眼泪哗哗打湿了床前的月光。

怎样才能报答你啊我的爹娘，
怎样才能报答你啊我的故乡？

红飘带

阳光社区有一个片警，
他有一片火热的情怀。
他给每一个孤寡老人，
送去一条红色的飘带。
只要他们在窗口系上红飘带，
他就会立即赶过来。
红飘带飘起来飘起来，
金子般的心在阳光下格外灿烂。

阳光社区有一个片警，
他有一片火热的情怀。
他背着老人下楼上楼，
他帮着老人寻医问安。
黑夜为社区站岗放哨，
白天为社区保家护院。
红飘带飘起来飘起来，
金子般的心在人世间特别温暖。

哦，有了这根红飘带，
有了真情有了爱。
哦，有了这根红飘带，
和谐家园春似海。

思念与渴望

认识你在一个春风沉醉的夜晚，
从此后记忆里都是春天的红颜。
虽然桃花未必就是最好的花，
但我的思念像流水不断，
流水中漂着那桃花一瓣又一瓣。

认识你在一个春风沉醉的夜晚，
从此后记忆里都是春天的红颜。
虽然没有结尾的故事令人遗憾，
但我的渴望像说书艺人，
且听那下回分解盼了再期盼。

思念与渴望是情感的红线，
等待就是幸福最后的考验。

表达

喊来清新的山风，
吹拂你乌黑的头发。
捧来清亮的山泉，
洗刷你旅途的风沙。
摘来清香的山茶，
滋润你如诗的年华。
唱起清爽的山歌，
我把爱心向你表达。

走进远山远地的姑娘，
我看见你脸上飞起红霞。
当你站在青青的水杉树下，
青春的气息把我的歌声融化。
从此在我心里有一条爱河，
河的两岸开满了鲜花。

发现

太阳总要升起来，
每一个白天都潜藏着诗意。
月亮总要升起来，
每一个夜晚都收藏着美丽。
不是这世上没有美，
只是缺少发现美的眼睛。

树苗总要长起来，
每一片绿叶都储藏着温馨。
花朵总要开起来，
每一个花瓣都蕴藏着爱情。
不是这世上没有爱，
只是缺少发现爱的心灵。

让眼睛对着眼睛，
让心灵贴着心灵。
去发现真的善的美的，
弹响那爱与被爱的琴。

在废墟里读书的女孩

有一个美丽好学的女孩，
她的名字叫清清。
在那个地动山摇的瞬间，
再也看不见她的身影。

她出生在一个贫困的家庭，
人穷志不穷是她的座右铭。
记得每天放学回家的路上，
总有她边走边读的声音。

如今，清清被埋在废墟中，
黑夜只剩下黑色的眼睛。
一片漆黑啊又冷又饿，
清清要用坚强去战胜死神。

她打着手电筒看书，
靠看书凝聚起生命的活力。
她努力从字里行间，
寻找着一颗颗光明的星星。

我爱你，清清，
美丽女孩的坚强人生。
我爱你，清清，
是你创造了生命的奇迹！

那个赤脚送水的孩子

那个令人动容的时辰，
走来一个七岁的孩子。
光着脚板，背着背篓，
徒步走向北川县城。

我不知道他的姓名，
只知道他有一颗爱心。
他要为灾民和解放军送水，
做一点力所能及的事情。

想念那个赤脚送水的孩子，
他是一盏小小的灯，
在风雨里对着寒冷。

想念那个赤脚送水的孩子，
他是一颗闪闪的星，
在黑夜里照亮了征程！

拥抱是最后的动作

风雨飘摇，地动山摇，
人们在瓦烁堆苦苦寻找。
终于发现一位年轻的老师，
双臂张开着向前扑倒。
他用身体保护着四个学生，
最后一个动作依然是拥抱。

不要哭了，不要哭了，
人们在哭声中深深思考。
为什么他的身躯比楼还高？
为什么他的姿势像火燃烧？
这是爱的奉献啊爱的拥抱，
教我们懂得什么叫为人师表。

有一种爱不需要言语，
有一种光会永远照耀，
有一种姿势会变成青铜的雕像，
有一种温暖会搭起生命的长桥。

地层深处传来的歌声

都江堰的小姑娘流着泪，
舍不得离开家乡的山和水。
喊天天不应，有家不能归，
生命最可贵，恨不得插翅飞。

从地层深处传来一阵阵歌声，
我们唱起歌战胜魔鬼。
团结就是力量的旋律，
就像那阳光穿透了冰堆。

都江堰的小姑娘不再流泪，
重振家园建设家乡的山和水。
亲人解放军，和我们在一起，
跟着太阳走，我们长成向日葵。

在那四千米的高山上

在那四千米高山上，
三百多藏胞天各一方。
断水断药又断粮，
房屋倒塌家园荒。
仰望苍天愁断肠，
一夜之间鬓如霜。
盼星星，盼月亮，
只盼着救兵到藏乡。
地震无情人有情，
人间正道是沧桑。

在那四千米高山上，
八十名官兵奔赴藏乡。
翻山越岭过峡谷，
风雨兼程无阻挡。
背着老人和孩子，
抬着担架下山岗。
跌倒了，爬起来，
面对着滑坡志如钢。
金珠玛米恩情长，
双手捧出金太阳！

让奥运的圣火告诉世界

奥运圣火到宜昌，
一朵祥云飘过来。
人如海，歌如海，
夷陵古城笑开怀。
和平的火种在这里传递，
友谊的长河在这里澎湃。
让奥运的圣火告诉世界，
我们中国鲜花盛开！

奥运圣火到宜昌，
一朵祥云飘过来。
情满怀，诗满怀，
长江三峡笑颜开。
放飞的白鸽为五环剪彩，
梦想的花朵为生命绽开。
让奥运的圣火告诉世界，
我们中国永远精彩！

因为懂得

因为懂得你的眼神，
所以慈悲你的心绪。
因为懂得你的话语，
所以慈悲你的委屈。
因为懂得所以慈悲，
世上才有了善解人意。
因为懂得所以慈悲，
人间才有了爱的传奇。

因为懂得你的倾诉，
所以慈悲你的经历。
因为懂得你的追求，
所以慈悲你的孤寂。
因为懂得所以慈悲，
世上才有了浪漫诗意。
因为懂得所以慈悲，
人间才有了爱的永恒。

山楂恋歌

有一首歌叫山楂树，
树下站着一个美丽的姑娘。
山楂树开花的日子里，
她在田野上轻轻歌唱。
歌声里充满了忧伤，
还有一丝淡淡的惆怅。

有一首歌叫山楂树，
树下站着一个美丽的姑娘。
山楂树结果的日子里，
爱的果实红透了脸庞。
山楂果有一半甜蜜，
还有一半酸酸的向往。

姑娘啊，姑娘啊，
你在想，你在唱：
山楂树年年开花，
把一份情意结在树上；
山楂树年年结果，
把一颗爱心留给太阳。

歌唱城市美容师

看那长江东流水，
听那春风轻轻吹。
风吹江水歌声脆，
歌唱环卫工人心灵美。

水车滚滚洒春雨，
竹笔声声迎春归。
红花绿叶叫人醉，
和谐的家园尽朝晖。

顶着星光上岗位，
踩着月光把家回。
多少辛苦多少累，
换来幸福的感觉最珍贵。

城市的美容师，
有了你天地更明媚。
你就是一只报春鸟，
迎春的歌声满天飞！

打工汉的风采

喊一声打工汉我的兄长，
有多少心里话要对你讲，
来自乡村的九佬十八匠，
在城里你干过七十二行。
长茧的脚板丈量大街小巷，
粗糙的手掌托起高楼广场。
在那高高的脚手架上，
有你的头盔闪闪发亮。
夏天穿过热浪，冬天踩过冰霜，
打工汉，打开了新时代一扇门窗！

喊一声打工汉我的兄长，
有多少心里话要对你讲。
有一副铁肩膀敢挑大梁，
顶风雨打起背包走四方。
挺直的腰杆扛起几多磨难，
咬紧的牙关嚼碎几多悲凉。
在那打桩的工地上，
有你的汗珠滚滚发烫。
白天追赶太阳，夜晚牵住月亮，
打工汉，打开了不夜城一片星光！

亲爱的老师
——献给教师节

早春二月的风捎来你的消息，
夜半钟声的船摇落月光遍地。
头顶雪冠你回首远去的背影，
三尺讲台你留下人生的足迹。

桃李芬芳为你而绽放，
天涯海角香飘万里。
岁月承诺为你而守望，
不忘初心依然美丽。

亲爱的老师你永远不老，
亲爱的老师我永远爱你。
点一支红烛燃烧自己，
走一路沧桑感恩天地。

爱的守望
——献给妻子刘建华

在那最黑暗的年头，
冰雪覆盖着古老的神州。
是你温暖着我的身心，
寒夜里去寻找指路的北斗。

当暴风雨袭来的时候，
小船又遭遇暗礁漩流。
是你和我风雨同舟，
漂泊中扼住命运的咽喉。

蹉跎的岁月不堪回首，
终于赢来了月满西楼。
是你送给我一个金秋，
月光下又舞动霜染的红袖。

如果真有轮回的理由，
来生来世牵手再走。
今生今世别无所求，
晚霞中守望着生命的河流。

相爱的里程碑

这世上的女人没有十全十美，
也没有红颜不老的灵丹圣水。
谁都要经历欢乐和伤悲，
走过从春到冬的四季轮回。

我只需要一支寒冬的腊梅，
一小朵终生值得纪念的花蕾。
哪怕她暗香消尽渐渐枯萎，
鬓发飞雪也叫我深深地沉醉。

每个人只有一次生命的纯粹，
人生的终点指向自然的回归。
当我回首岁月无怨无悔，
风雪中有我们相爱的里程碑。

我的小路

曾走过弯弯曲曲的小路，
从此后人生旅途义无反顾。
再坎坷再遥远也不认输，
风雪夜留下了一串串脚步。

曾唱过弯弯曲曲的小路，
陪伴着我的爱人走向远处。
有艰辛有酸楚也有呵护，
迎春花写下了一个个祝福。

我的小路铺在岁月深处，
苦难的历程将灵魂超度。
我的小路永远铭心刻骨，
陪伴我追求梦想和幸福。

陪着你老去

陪着你一天天老去，
看着你一天天心疼。
缠绕的心事如影随形，
总是牵着你眼角的鱼尾纹。

陪着你一天天老去，
想着你一天天温馨。
年轻的故事风雨兼程，
始终响起你轻盈的脚步声。

陪着你一天天老去，
盼着你一天天精神。
看着你常从梦中笑醒，
总在回忆你昨日的星辰。

陪着你老去，陪着你老去，
我们有永远不老的爱情。
人越老爱得越傻也爱得越笨，
我们有说不尽的前世今生。
爱一个人和被一个人爱，
这就是世上最好的缘分。

为爱洗礼

看见你心跳就加快频率，
我的爱闪耀在眼睛里。
你回眸一笑传递着内心秘密，
有两颗星星照亮天际。

山水间书写着爱的传奇，
用一生表达婉转的诗意。
你满面春风绽开了花的韵律，
有日月当空为爱洗礼。

为爱洗礼不需要动人的词语，
你的身影已经铭刻在我的心里。
你的心我的心融合在一起，
看见你就看见另一个自己。

为爱洗礼感染着清新的气息，
有了你就有春天的轻盈与绚丽。
山一程水一程不怕风雨，
放下天放下地放不下你。

你要知道

有些事情你要知道，
地有多厚天有多高。
我们不过是一棵小草，
看一看自己多么渺小。

有些事情你要知道，
人生路上千里迢迢。
风霜雨雪该有多少，
我们要坚强面对挺起腰。

有些事情你要知道，
该哭就哭该笑就笑。
翻过了大山还有小桥，
活就活它个自在逍遥。

有些事情你要知道，
善恶有报轮回有道。
凭着良心坚定目标，
切莫征途中随风飘摇。

把家变大把世界变小，
把儿女养大把生活变好。
不指望暴富也不做土豪，
只愿一家人平安活到老。

把家变大把世界变小，
一辈子活出自己的味道。
不奢望虚荣也不求乌纱帽，
我们的生活会越来越好。

从前的慢生活

我喜欢从前的慢生活，
悠悠岁月如诗如歌。
我们靠书信点燃爱火，
盼鸿雁飞过家乡的小河。
那时候上山没有缆车，
牵着手一步一步翻过山坡。
那时候树上还有鸟窝，
夕阳下山啊慢慢地落。

我喜欢从前的慢生活，
闪闪星光万家灯火。
有一本好书决不放过，
读完了还抄下精彩的段落。
那时候坐着绿皮火车，
靠着窗一站一站并不寂寞。
一辈子只够爱你一个，
慢慢地走啊慢慢地说。

从前的慢生活啊慢生活，
年轻的时光充满了快乐。
点点滴滴汇成一条生命的河，
年年岁岁唱着一首深情的歌。

爱之歌

美丽的姑娘多得像鲜花，
只有你在心里生根发芽。
想你的时候心在挣扎，
梦你的时候爱在牵挂。

美丽的姑娘站在月光下，
有了你就有了梦里老家。
岁月流逝像一把风沙，
牵着你的手走遍天涯。

我的爱经得起风吹雨打，
爱你的晨曦也爱你的晚霞。
我的爱是一支不灭的火把，
照亮了天地如诗如画。

老夫老妻

人世间老夫老妻最宝贵，
经霜的红叶比花还美。
尝尽人生百般滋味，
清贫的日子从不流泪。
生活中太多的事与愿违，
再大的风雨两个人背。

人世间老夫老妻最宝贵，
树上的鸟儿比翼双飞。
一起吃苦一起受累，
一起享受家园的和美。
幸运中总是有百转千回，
幸福的美酒两个人醉。

也曾有过山的雄伟，
也曾有过水的妩媚。
操心了一辈又一辈，
满头白雪无怨无悔。
到如今拄着拐杖把夕阳敲响，
看那青山依然翠晚霞满天飞。

月亮照样升起来

虽然有过风雨袭来，
总有一天雾散云开。
虽然有过冰雪覆盖，
总有一天放射光彩。
答应我，莫徘徊，
月亮会照样升起来。
春暖花开，面朝大海，
我们在一起相亲相爱。

虽然道路七弯八拐，
总有一天直达终端。
虽然小船在惊涛中摇摆，
总有一天绽开笑颜。
答应我，莫徘徊，
月亮会照样升起来。
春暖花开，面朝大海，
我们在一起永远相爱。

守秋

像那丹桂飘香的清凉，
正如我悄悄的念想。
守着你就是守着一首歌，
心在渴望，歌在飞扬。
不要说错过了大好时光，
迟桂花依然香透了我的心房。

像那平湖秋月的亮堂，
正如我圆圆的梦想。
守着你就是守着一个梦，
心在向往，梦在飞翔。
不要说错过了大好时光，
中秋月依然照亮了我的梦乡。

为什么春天的花朵，
等到秋天才开放？
为什么美丽的雪莲，
总是长在天山上？
为什么落山的太阳，
看不见升起的月亮？
为什么人间的爱情，
不在人间在天堂？

守着你就是守着一首歌，
一首歌就是一条长江。
守着你就是守着一个梦，
一个梦就是一个天堂。

我爱的女人都老了

淡淡的晨雾将往事缠绕，
总是想等待最好的拂晓。
没想到坚守比承诺更重要，
弹指间梦里花落知多少。

时间之手虚构天荒地老，
黑头发弥漫着青草的味道。
红袖添香的感觉都说好，
又有谁读懂了美丽的符号。

我爱的女人都老了，
月亮仍然把内心照耀。
青春的情愫在继续发酵，
时光流转又唱响一支歌谣。

蝴蝶兰

在我的记忆中，
你生在深山，长在岩畔。
一瓣瓣紫红的嘴唇，
绽放在苦寒的山岸。
没有阳光的冬天，
没有雨水的夏天。
消瘦的春光与小草为伴，
萧瑟的秋风落花流年。

在我的深情中，
你变得美丽，变得温暖。
一片片飞翔的翅膀，
飞落在三峡的江边。
霞光千万根红线，
寂寞在风中飘散。
唱歌的蝴蝶随四季变迁，
传说的兰花写满诗篇。

啊，蝴蝶兰，蝴蝶兰，
你就是一支蝴蝶兰。
花开的声音在山水之间，
花开的日子会越走越远。

莲花颂

莲花池，莲花开，
莲花开放贵人来。
道家的神仙把花栽，
佛家的菩萨坐莲台。
诗经楚辞送香来，
唐诗宋词放异彩。
一片丹心照碧水，
时光匆匆花不败。

莲花池，莲花开，
莲花开放诗人来。
江南的莲叶显风采，
荷塘的月光情满怀。
人间流传爱莲说，
清水芙蓉最自在。
一盏红灯照人心，
岁月悠悠美长在。

莲花莲花最可爱，
心地高洁绝尘埃，
莲花莲花最慷慨，
真情奉献连血脉。
美如天使爱如醉，
莲花开放幸福来！

万物生长

取一瓢春江水温润如玉，
饮一盏和气茶细述心语。
拨开红尘浮气，
梳理人生轨迹。
万物生长都有原因，
这就是灵魂的呼吸。

采一篓清明茶与春相聚，
填一阕蝶恋花情通天地。
且看命运如棋，
缘分藏在心底。
万物生长孕育爱情，
这就是天神的旨意。

大地是万物生长的根基，
万物与大自然从未分离。
生命力扛得起千磨万击，
经风雨扶摇直上九万里。

歌 词 三 百 首

可以唱的诗 可以读的歌

————甘茂华歌词选集

第 五 辑

○
○
●

歌 唱 在 春 天

三峡大学校歌

江之边，峡之畔，涛声白云间。
繁花绿树映校园，弦歌度韶年。
融古今，纳百川，书香伴灯盏。
先贤风范薪火传，求索路修远。
啊！三峡大学，我们成长的摇篮！
爱国自强情无限，求真创新敢登攀。
名师荟萃星光灿，桃李芬芳杏花天！

江之边，峡之畔，涛声千万年。
三峡文化润校园，秋色更斑斓。
道无疆，学有源，大爱在人间。
水电特色扬风帆，百科齐争先。
啊！三峡大学，我们腾飞的起点！
民族复兴绘画卷，中华崛起谱诗篇。
大江东去波浪宽，一路高歌永向前！

我们歌唱生命的乐章

——宜昌市中心人民医院院歌

是那三峡的风，
托起了白衣天使的翅膀。
是那峡江的水，
浇开了和谐家园的春光。
我们把温馨和健康，
送进每一间病房。
我们把诚信和吉祥，
带到每一个地方。
我们奉献的是一颗爱心，
收获的永远是四季的花香。

是那回春的手，
捧出了万物复苏的太阳。
是那无影的灯，
升起了万家团圆的月光。
我们用团结和敬业，
融化每一滴冰霜。
我们用仁爱和创新，
珍惜每一寸时光。
我们坚守的是救死扶伤，
歌唱的永远是生命的乐章。

走过多少岁月，经历多少沧桑，
我们依然青春飞扬。
有过多少追求，有过多少梦想，
我们始终大爱无疆。

永远的坚守

——宜昌市第一人民医院院歌

站在岁月的深处回首，
我们走过多少风雨春秋。
用真情抚平心灵的伤口，
用关爱跨过命运的鸿沟。
白衣天使有温暖的微笑，
无影灯下有回春的妙手。
以人为本，服务优质，
用每一颗爱心分担忧愁。
让生命的花朵倾吐芬芳，
这就是我们人生的追求。

站在时代的潮流前头，
我们一路踏响铿锵的节奏。
用汗水浇灌杏林的锦绣，
用智慧摘取医学的星斗。
救死扶伤是不变的理由，
仁爱济世是永远的坚守。
博学精医，优容至善，
把每一楼春风融进暖流。
让生命的原野洒满春光，
我们一路领先永不停留。

我们是夷陵妇幼人

——夷陵区妇幼保健院院歌

晓溪塔经历了几多春秋？
黄柏河养育了几多风流？
天使的笑容把岁月穿透，
女神的风采让时光回首。
献出一颗爱心，
担起一份忧愁。
我们是夷陵妇幼人，
用真情与生命永远相守。

风雨中抚平了多少伤口？
寒夜里点亮了多少星斗？
生命的摇篮把山川灵秀，
圣洁的心灵让梦想丰收。
送上一缕清风，
融入一股暖流。
我们是夷陵妇幼人，
用爱心把幸福永远追求。

来吧来吧，兄弟姐妹手牵手，
来吧来吧，日月星光扛肩头。
我们展望明天是一片绵绣，
托起生命的太阳更显风流！

美丽温馨桃花岭

——桃花岭饭店店歌

有一朵桃花在三峡开放，
有一江春水在为她歌唱，
有一轮明月在给她作伴，
走进她就像回到了家乡。
啊，桃花岭，美丽的桃花岭！
啊，桃花岭，温馨的桃花岭！
你把四海宾朋迎来送往，
一张张笑脸融化了雨雪冰霜。

有一朵桃花在四季开放，
有一杯美酒在吟诵诗章，
有一片真情在旅途流淌，
走进她就像回到了家乡。
啊，桃花岭，美丽的桃花岭！
啊，桃花岭，温馨的桃花岭！
你用汗水浇开满园春光，
一声声祝福带来了鸟语花香。

这里是如诗如画的地方，
莺歌燕舞，春风荡漾。
这里有劳动奉献的吉祥，
人间天上闪耀着桃花岭的星光。

结缘在聚翁

——聚翁酒店店歌

沐浴三峡风，结缘在聚翁。
有滋又有味，情重义也重。
喝一杯祝福酒穿越时空，
仿佛又看见放翁的笑容。
城市的烦恼烟消云散，
诗意的生活魅力无穷。

沐浴三峡风，结缘在聚翁。
有诚又有信，品质最看重。
尝一道家乡菜记住乡愁，
仿佛又想起童年的美梦。
大好的前程伴君同行，
姐妹和弟兄风情万种。

英雄豪杰喜相逢，
德才贤义好门风。
一道风景凝雨露，
一个梦想别样红。

我爱聚翁在心中，
扬帆远航永向东。
一次结缘搭彩虹，
一生不变春意浓。

船魂

——宜昌船舶柴油机厂厂歌

看那巨轮乘风远航，
我们张开腾飞的翅膀。
看那神龙劈波斩浪，
我们打造钢铁的心脏。
啊，宜柴啊宜柴，
一颗明珠在东方闪耀。
国歌里有我们的音符，
国旗上有我们的星光。
无论多少岁月沧桑，
我们笑迎春来秋往。

青春热血兴船报国，
我们面向蓝色的海洋。
勤劳智慧创新超越，
我们胸怀金色的理想。
啊，宜柴啊宜柴，
一颗船魂在放声歌唱。
征途上有我们的足迹，
大海上有我们的诗行。
不管多少风云激荡，
我们唱响时代乐章！

创造美好

——宜化群团之歌

我们架起青春的桥梁，
让群体血脉通畅。
我们结成心灵的纽带，
让团队凝聚力量。
我们托起开春的太阳，
让心田融化冰霜。
我们捧出中秋的月亮，
让家园和谐吉祥。

我们投入改革的洪流，
把时代钟声敲响。
我们融进宜化的长河，
用青春开拓希望。
我们奉献真情的鲜花，
让生活充满芬芳。
我们传递关爱的火把，
用生命点燃星光。

啊！我们手牵手，
牵出来春风浩荡。
啊！我们心连心，
连成了铁壁铜墙。
我们快乐的工作，
在工作中共享快乐时光。
我们美好的创造，
在创造中拥抱美好理想！

金色的大桥

——夷陵长江大桥公司之歌

那是一道美丽的彩虹，
牵动两岸幸福的微笑。
那是一座金色的大桥，
琴弦弹响春天的歌谣。
那是太阳冉冉升起的地方，
阳光照亮每一棵花草。
连心桥哟希望桥，
她是一只会报春的布谷鸟。

啊！走过夷陵长江大桥，
感觉宜昌青春的心跳。
走过夷陵长江大桥，
走进春天温暖的怀抱。

那是一条美丽的飘带，
连接两岸幸福的大道。
那是一串银色的珍珠，
灯花点亮心灵的火苗。
那是月亮慢慢升起的地方，
月光照亮每一个良宵。
致富桥哟开发桥，
她是一只会唱歌的吉祥鸟。

啊，歌唱夷陵长江大桥，
美丽全靠真情来创造。
今天洒下一滴汗珠，
迎来明天三峡的春潮。

我们的道路向太阳

——宜昌市道路运输管理处之歌

路也长，情也长，
我们的道路向太阳。
公字路徽扛在肩上，
依法行政充满力量。
扛着重任，扛着安全，扛着理想，
每一条道路都是和谐的脊梁。
春天的路上百花齐放，
秋天的路上五谷飘香。
为道路运输系上那安全带，
让幸福的鸟儿展翅飞翔！

连着城，连着乡，
我们的道路向太阳。
发展经济装在心上，
道路运输大有市场。
装着服务，装着奉献，装着吉祥，
每一条道路都是诚信的胸膛。
夏天的路上一片凉爽，
冬天的路上洒满阳光。
为城乡物流搭起那方便桥，
让幸福的歌儿传遍四方！

浩然正气满乾坤

——宜昌市石油公司正气歌

山高路远上征程，
心中有盏长明灯。
立党为公执政为民，
与时俱进一路光明。
权力为民所用，
利益为民所生。
让所有讲过的故事，
都留下清清白白的声音。

扬帆出海上征程，
心中有根定海针。
以廉为荣以贪为耻，
风里浪里站稳脚跟。
常修为政之德，
常怀律己之心。
让所有走过的日子，
都留下堂堂正正的脚印。

啊……
一身正气为人民，
两袖清风满园春。
唱响反腐倡廉歌，
浩然正气满乾坤！

我们走过的地方
——宜昌农发行行歌

我们走过的地方，
每一个脚印鲜花怒放。
五谷飘香，收割自己的光芒；
渔歌逐浪，诉说峡江的梦想。
花开的声音，五千年回响：
农民小康，中国就小康！
啊，我们是建设新农村的银行，
情系三农，大爱无疆！

我们走过的地方，
每一条道路春风荡漾。
现代农业，放飞金色的凤凰；
和谐家园，谱写岁月的华章。
花开的日子，人间变天堂：
农村富强，中国就富强！
啊，我们是建设新农村的银行，
以农安邦，创造辉煌！

三峡商报之歌

我们在春天里诞生，
又在春天里走向远方。
脚印写在路上，
身影留在现场，
风雨中我们茁壮成长。
为国分忧，为民解难，
为三峡经济搭起金色的桥梁。
感恩百姓让我们风雨同舟，
彰显公信让我们共享阳光。

我们在秋天里收获，
又在秋天里播种希望。
心血写在纸上，
汗水洒在职场，
拼搏中我们青春飞扬。
记录时代，见证历史，
为和谐家园捧出美丽的月光。
主流品质让我们展翅高飞，
民生情怀让我们歌声嘹亮。

多少春秋，多少沧桑，
我们锐意进取向着太阳。
商机鹏程，报达四方，
我们追求卓越再创辉煌！

三峡晚报读者节之歌

春华秋实是自然的恩爱，
知恩图报是人类的情怀。
我朝你走来，你朝我走来，
我们共建一个和谐的平台。

风雨同舟是朋友的真爱，
高山流水是知音的舞台。
我和你有缘，你和我有爱，
我们共建一个和谐的平台。

这是一个关注民生的平台，
一颗颗爱心放射光彩。
这是一个彰显公信的平台，
一片片真诚汇成大海！

三峡晚报相亲节之歌

山青青，水蓝蓝，
相亲走进三月三。
高峡平湖笑开颜，
诗情画意更浪漫。

风轻轻，云淡淡，
相亲走进三月三。
男儿女儿正当年，
人面桃花更好看。

情相通，心相连，
千里有缘一线牵。
用真心，换真爱，
天长地久到永远。

稻花为什么这样香

美酒名叫稻花香，
美丽的故事源远流长。
长江三峡是它的家乡，
金色的稻浪随风荡漾。

稻花为什么这样香？
胜过天上的玉液琼浆。
那是龙泉的流水龙泉的土壤，
收藏了春天的阳光秋天的月光。

稻花为什么这样香？
赛过人间的桃李芬芳。
那是古老的诗韵田园的梦想，
开放了冬天的梅园夏天的荷塘。

稻花为什么这样香？
赢得天下把赞歌唱响。
那是多情的男人痴心的姑娘，
滋养了丰收的时光生命的华章。

稻花香，稻花香，
朴素和温暖地久天长。
稻花香，稻花香，
诗意和力量在天地间回荡！

青山绿水永不老

——宜昌市环保生态城市之歌

太阳月亮在天上，
高峡平湖在身旁，
清风明月在街道，
红花碧树在广场。
哦，金色的三峡银色的大坝，
绿色的宜昌绿色的画廊。
我们创造环保生态的城市，
我们建设和谐美好的宜昌。

林涛清泉在山上，
芳草飞鸟在河旁，
和风细雨在田间，
春华秋实在家乡。
哦，我们的梦想我们的渴望，
永远的和谐永远的吉祥。
我们建设环境友好的社会，
我们描绘如诗如画的地方。

让唱歌的鸟儿自由歌唱，
让希望的田野生长希望，
让不老的青山永远不老，
让美丽的家园美如天堂！

搭起一座桥

——新农村文化工作队之歌

再不用砍柴割草，
再不怕烟熏火燎。
百年老屋换新貌，
千年家园唱歌谣。
文明乡风代代传，
青山不老人不老。
为国要尽忠，
为家要尽孝，
为儿孙搭起一座致富桥，
和睦家庭天天好。

再不用爬山过坳，
再不怕春旱夏涝。
稻花香了有好酒，
桔子红了不愁销。
美好乡情涌春潮，
山也笑来水也笑。
为官要造福，
为民要勤劳，
为儿孙开出一条通天道，
和谐家园步步高。

丹心向阳

——宜昌市文化市场综合执法支队队歌

我们走过大街小巷，
在春天里放声歌唱。
是那灿烂的太阳把文化市场照亮，
才有了文明的环境散发清新的花香。
是那良好的土壤把文化市场培养，
才有了艺术的幼苗长成高大的白杨。
为了文化大繁荣大发展。
我们保驾护航，保驾护航。

我们走过岁月沧桑，
在春天里放声歌唱。
是那亮剑的光芒把污泥浊水扫荡，
才有了完善的市场洒满金色的阳光。
是那纯洁的歌声把人间春色唱响，
才有了滋润的雨露浇灌百花齐放。
为了文化大繁荣大发展，
我们丹心向阳，丹心向阳。

广场跳春光

——宜昌市广场文化活动之歌

最亲的是家乡，最美的是广场。
白天连着太阳，夜晚连着月亮。
太阳下面跳春光，
月亮下面唱梦想。
想跳就跳，想唱就唱，
活就活它个心宽体壮。
摆摆手就是一条长江，
跺跺脚就是百花齐放。
喊一喊山歌火气旺，
打一打腰鼓喜洋洋！

最亲的是家乡，最美的是广场。
白天连着太阳，夜晚连着月亮。
太阳下面唱希望，
月亮下面跳吉祥。
想跳就跳，想唱就唱，
活就活它个天高地广。
抬抬头就是一个天堂，
弯弯腰就是百鸟飞翔。
扭一扭秧歌人气旺，
幸福的家园万年长！

和谐家园花万朵

——宜昌市住房建设之歌

你看那万丈高楼，
接来了天上的云朵。
你看那万家灯火，
照亮了岁月的长河。
住有所居风光好，
民有所安百姓乐。
好日子越过越开心，
美好的生活红似火。

你听那三峡故事，
告别了老街的传说。
你听那三峡涛声，
唱响了新城的赞歌。
住房保障享太平，
改革发展结硕果。
壮丽的前程共开拓，
和谐的家园花万朵。

铸造丰碑

——土老憨企业之歌

有一种颜色叫珍贵，
有一种感觉叫美味。
那是绿色产品土老憨，
中国的名牌有口皆碑。
土就是自然回归，
老就是长命百岁，
憨就是诚信无愧，
美就是大放光辉。

我们走过那山山水水，
大自然的风光步步相随。
撒向人间都是大爱大美，
土老憨的家园春光明媚。

有一种信念叫纯粹，
有一种力量叫团队。
那是梦想追逐原生态，
土老憨的歌声令人心醉。
爱岗敬业永不掉队，
高效奉献大有可为，
开拓创新打破常规，
追求卓越展翅腾飞。

我们走过那年年岁岁，
征途上的爱心处处相会。
面向未来都是无私无畏，
土老憨的精神铸造丰碑。

警威壮三峡

——长航宜昌公安分局之歌

是那奔腾的长江，
洗亮了我们巡逻的快艇；
是那港口的灯塔，
点燃了我们生命的火花；
是那雄壮的汽笛，
唱响了我们战斗的诗篇；
是那船闸的阳光，
染红了我们火热的年华。

是那和谐的春风，
吹动了我们警营的红旗；
是那来往的船只，
量出了我们征途的步伐；
是那黄金的水道，
见证了我们卫士的盾牌；
是那幸福的花朵，
开遍了我们梦里的老家。

长江公安人，
凯歌传天涯。
长江流万里，
警威壮三峡。

通往天堂的路

——宜万铁路征歌

自古蜀道是天道，
英雄壮士尽落荒。
如今天道变铁道，
楚水巴山傲沧桑。

穿过山腹的长诗，
那是一百多个隧道；
铺上云端的歌谣，
那是一百多座桥梁；
历经艰辛的神话，
那是一百多年梦想；
中国西部的岁月，
那是一百多年感伤。

开天辟地的足迹，
每一步都有故事；
翻山越岭的日夜，
每一天都有风霜；
穿云破雾的河谷，
每一里都有血汗；
中国西部的道路，
每一寸都有阳光。

宜万铁路是天路，
重写唐诗新篇章。
宜万铁路是太阳，
照亮西部通天堂。

上达之光

——深圳上达电子有限公司之歌

你是一束年轻的阳光，
照到哪里，哪里发亮。
为梦想导航，为幸福联网，
为电子世界插上金色的翅膀。
岁月中有过多少风霜，
一腔热血总是滚烫。
吃苦耐劳，坚忍不拔，
流水线迎来丰收的景象。

你是一束年轻的阳光，
照亮四季，四季花香。
为茁壮成长，为创造歌唱，
为信息化平台抒写美丽的诗章。
人生中转战多少疆场，
竞争靠的是核心力量。
自强不息，厚德载物，
春天的故事在风中荡漾。

上达之光，上达之光，
上达的世界溢彩流光。
上达之光，上达之光，
上达的明天无限风光！

映山红开满园
——江西映山红艺校校歌

映山红开在青山湖边，
她把春天带到了校园。
我们在这里追逐艺术的梦想，
让青春飞扬歌舞翩翩。

映山红开得这样鲜艳，
她把春天留在了校园。
我们在这里编导未来的时光，
让才情满怀山花烂漫。

啊，映山红，开满园，
满园都是燃烧的火焰。
仁爱诚信博学精艺，
谱写人生锦绣诗篇。

啊，映山红，开满园，
满园花朵映红了长天。
团结拼搏全面发展，
鹏程万里永远向前！

拥抱一轮金太阳

——金东山集团之歌

金色的阳光洒满金色的市场，
金色的市场搭起金色的桥梁。
一条条大路和繁荣联网，
一盏盏明灯将富强照亮，
一声声赞歌把春光唱响，
一张张笑脸将诗意荡漾。
啊，金东山，金色的宝藏！
每一天都点燃了一片金色的霞光。

开放的天地培育开放的市场，
开放的市场通向理想的天堂。
一道道山岗像英雄儿郎，
一排排仓房像鲜花开放，
一座座商铺将形象塑造，
一串串脚步把星光敲响。
啊，金东山，金色的画廊！
每一天都拥抱着一轮金色的太阳。

我爱七月心
——七月心集团之歌

你是一只放飞的白鸽，
歌唱一条生命的长河。
春天开鲜花，秋天结硕果，
一颗七月心，温暖你和我。
你用健康带来快乐，
小苹果越唱越红火。

你是一把美丽的金梭，
编织和谐美好的生活。
蓝天飘白云，大地唱新歌，
一壶陈年酒，美在心窝窝。
你用真情把爱传播，
携手同行走向广阔。

我爱七月心朝气蓬勃，
火热的激情勇于拼搏。
我爱七月心坚定执着，
进取的精神不断探索。

我爱七月心创新开拓，
卓越的品质星光闪烁。
我爱七月心天地人和，
梦想在心中开出了花朵。

香菇恋歌

——森源香菇恋歌

森林里有一个美丽姑娘，
她是仙女下凡来到山乡。
她的名字就叫香菇，
她爱人间胜过天堂。

我爱她俏模样纯洁善良，
为了她千山万水走向远方。
香菇穿着梦的衣裳，
香菇播撒美的芬芳。

香菇啊香菇，森林之源；
香菇啊香菇，生命之光。
我们牵手走过一个个村庄，
万物竞生，鸟语花香。

香菇啊香菇，森林之源；
香菇啊香菇，生命之光。
看见她那柔情似水的模样，
爱的翅膀，乘风飞翔。

长路如歌
——武警交通兵之歌

一串串脚印铺在路上，
一个个故事架成桥梁。
八千里路云和月，
我们追赶初升的太阳。
大路通向远方，
远方就是故乡。
用真情和汗水抚平忧伤，
征途上留下一路芬芳。

一道道风雨扛在肩上，
一座座丰碑筑成铜墙。
千难万险只等闲，
我们谱写灿烂的诗章。
哪里出现危难，
哪里就是战场。
用热血和生命守护安祥，
征途上洒下一路春光。

啊，我们是武警交通兵，
青春和梦想在这里绽放。
为民造福，大爱无疆，
长路如歌，展翅飞翔！

传树瓦之歌

总有那么多的人抬头望你，
与你精彩的目光相遇。
看见你铺满城市的屋顶，
为你的追随者遮风挡雨。
屋顶下的生灵安居乐业，
在你的温暖中繁衍生息。
世界在不断地变化，
有了你就有了生活的旋律。

谁能知道你的今生前世，
与你朴素的生命相聚。
想起你冬暖夏凉的心情，
体悟到大自然无穷乐趣。
田野上的秸秆华丽转身，
变成了皇冠上的明珠宝玉。
时光在飞快地流逝，
有了你就有了怀旧的气息。

啊，我爱你传树之瓦，
绿色环保如此美丽。
啊，我爱你传树之人，
勤劳创新崇德尚义。
每一步发展都创造着奇迹，
每一个团队都永葆青春的活力！

温哥华之恋

只因为从小就向往远方，
我把梦铺在长长的海岸线上；
让梦想通向戴着雪冠的山岗，
沐浴太平洋微风清凉。
啊，美丽的温哥华，
我梦中的郁金香——
梦的起点，梦的归宿，梦的诗章。

只因为从小就渴望飞翔，
我的歌长了翅膀穿透时光；
让歌声缠绕在森林中的木屋上，
让爱情收获冬暖夏凉。
啊，我爱你温哥华，
我心中的幸福港——
爱的白帆，爱的月亮，爱的天堂。

相聚温哥华

蹉跎岁月是一条长河，
涛声依旧把往事诉说。
曾经被爱情遗忘的角落，
我们在那里秋收春播。
期待不再有云暗雾锁，
黑夜中点亮繁星闪烁。

苍凉青春是一支老歌，
歌声不断把梦想求索。
那些被寒霜枯萎的花朵，
如今又重新生机蓬勃。
岁月不再有辛酸寂寞，
阳光下开始另一种生活。

往事并不是天上的烟火，
梦境也不是虚构的传说。
相聚在温哥华天伦之乐，
幸福的好日子不再错过。
让那海风轻轻地吹过，
老朋友新朋友起舞踏歌！

说明：此歌为温哥华知青联谊会而作。

情系唐人街

百年前老祖宗留下的足迹，
每个脚印都收藏着岁月风雨。
太平洋铁路开山的炮声，
至今还伴随着大海呼吸。

百年来中国人难忘的记忆，
每个眼神都闪耀着汉唐诗意。
北美新移民登陆的歌声，
如今又续写着凤凰传奇。

唐人街的传说并不神秘，
属于海外华裔，说的我们自己。
唐人街的故事值得珍惜，
只要自强不息，就会鹏程万里。

向和平门致敬

不管是风来还是雨来，
你面对风雨信仰不改。
谁也不能把阳光垄断，
通向和平的大门永远敞开。
你看那宽广的道路多么气派，
大海的远方还是大海。

不管是百年还是千载，
你面对岁月青春不败。
和平共渡是海的情怀，
举起生命的白帆驶向未来。
你看那晴朗的天空多么明快，
天籁的歌声来自天籁。

和平门，我们向你致敬，
你矗立大地驱散阴霾；
和平门，我们向你致敬，
你一身洁白抖落尘埃；
和平门，我们向你致敬，
为了世界和平人类相亲相爱！

附 录

○
○
●

赠 诗 及 其 他

甘茂华作词歌曲重要奖项简介

1. 《山里的女人喊太阳》

此歌由著名作曲家王原平作曲，连续参加央视第十届、十一届、十二届全国青歌赛，其中参赛歌手两次因演唱此歌而荣获民族唱法银奖。曾获得文化部新作品创作优秀奖，2003年全国声乐比赛优秀作品奖，并被收入中国音乐学院院长金铁霖主编的声乐教材，供全国各音乐学院示范使用。

2. 《青滩的姐儿叶滩的妹》

此歌由著名作曲家向菊瑛作曲，李琼演唱，荣获中宣部第十届全国"五个一工程"奖。

3. 《敲起琴鼓劲逮逮》

此歌由著名作曲家王原平作曲，荣获第十七届中国文化艺术政府奖——群星奖，并参加第十一届中国艺术节演出。

4. 《清江画廊土家妹》

此歌由青年作曲家毛成东作曲，荣获湖北十佳歌曲奖，第八届湖北屈原文艺奖。

5. 此外，还有二十几首作词歌曲分别获得湖北省、广东省、重庆市、宜昌市等地各类奖项，不再一一列出。

符号先生赠联

茂华盈树　甘泉滋心

七律·赠甘茂华
姜祚正

直陈肺腑吐真言，
半截凡人半截仙。
性怪能教人步后，
发稀敢与我争先。

情歌佳句五车载，
佳丽粉丝三里连。
入白弹琴不打稿，
笑声冲破九重天。

甘茂华，词作家，知名作家。言必真实，长于谈吐。赠诗作为纪念。

2018 年 7 月 3 日作于宜昌均瑶禧玥酒店

七律·硕果品香赠甘兄茂华

程建学

歌词三百喜新编，
著作等身信有年。
沥血呕心经几度，
流光溢彩过千篇。
根生三峡长江畔，
源溯巴风楚韵泉。
大地飞声传播广，
茂华硕果品香甘。

思念甘老师

柳朝彪

迢递天涯隔两头，
心思缱绻望云忧。
几番梦见秋江上，
破浪归来沧海舟。

妙手织文锦　拙诗谢先生

郭珍爱（紫荷）

七律·拜谢甘茂华先生赠书

一别夷陵千里远，书香长伴绿窗筠。
但凭开卷消浮累，肯信翻篇识本真。
墨吮峡江才笔健，情归楚岫土风醇。
音容久已东西隔，却问何时又比邻。

注1：甘茂华先生在宜时与我比邻而居。去年旅居温哥华，出国前曾送我《这方水土》等五部著作。

注2：绿窗筼，筼，竹子。筼窗即竹窗。绿窗筼，绿竹窗。通常以筼窗借指书房。

八声甘州·读《这方水土》寄甘茂华先生

恋一方水土一方人，锦心写华章。记寒村古寨，遗闻趣事，茂苑甘棠。漫认巴风楚雨，笔底见沧桑。捧卷兰灯下，激赏琳琅。

无愧高名美誉，赞文坛才士，陆海潘江。又真情豪气，并入竹枝觞。驻精魂、乡愁苦旅，吊脚楼、念里两相望。何须问、大洋彼岸，正为书狂。

注1：《这方水土》系甘茂华先生散文集。此书2014年荣获全国第六届冰心散文奖，2015年荣获第九届湖北屈原文学奖。

注2：陆海潘江，此为典。南朝梁钟嵘《诗品》卷上："谢混云：潘诗烂若舒锦，无处不佳；陆文如披沙简金，往往见宝。"后因以"陆海潘江"比喻有文才的人。

成语释意："陆"晋朝陆机；"潘"晋朝潘岳。陆机的文才如大海，潘岳的文才如长江。比喻学识渊博，才华横溢的人。

目透凡尘千百丈

杨玲玲

甘茂华先生之《这方水土》读后

这方水土载风情，
旋律扣和歌者声。
独白铺排陈故事，
素描勾勒活性灵。
如诗曲曲留余韵，
似酒杯杯荐烈馨。
目透凡尘千百丈，
巴人后裔笔休停！

诗城就在这里——中国宜昌

龙泉诗会上有人说他们西安才是真正的诗城，甘茂华先生立即客气地指出：那不对！端午节纪念谁？屈原！屈原是谁？华夏诗祖！屈原诞生地就在宜昌秭归！宜昌人三岁孩童都会背橘颂！诗城就在这里——中国宜昌！他的发言义正辞严，振聋发聩！有感立成此诗！

四海来宾喜气扬，骚人云集稻花香。
汉诗博士同加冕，本土文豪不拜王！
掷地有声言据理，振聋发聩目生光！
诗城不在津京沪，端午全球看宜昌！

书生妙笔吐芬芳
何 力

七绝·重逢
为从海外归来的甘老师回国诗友小聚"醉四方"农家
久别重逢醉"四方"，围炉夜话暖心肠。
若问情深深几许，细细思来比大洋。

鹧鸪天·书生妙笔
三峡人家手记长，这方水土惹衷肠。
青滩姐儿叶滩妹，摇落竹枝韵也香。

敲劲鼓，颂家乡。书生妙笔吐芬芳，
土家儿女风情事，最喜那声喊太阳。

读光头书生散文赠打油诗一首
姚永标

无发无天亦少年，
才上高山又入泉。
人比双溪春日好，
暗流涌起花水间。

（2018 年 3 月 20 日于宜昌）

可以唱的诗

——歌词艺术札记

（代跋）

一、歌词的文学属性

歌词是什么？

歌词与小说、散文、诗和评论一样，是文学样式之一种，是文学中的袖珍小品。因其篇幅短小，又因其与音乐结缘，故许多人常常忽略了歌词的文学属性，甚至对于歌词写作不以为然，把它排斥在文学的门外。这是一种常识性的误解。

其实，自古以来，歌词早已进入诗词文化的境界。有许多歌词即使抽掉旋律，仍然是一篇耐人寻味的美文华章。"歌词本身就是一种文学形态。在文学的当代形态表达中，本应有一席之位。"（程蔚东语）中国古代的诗经、乐府、唐诗、宋词、元曲等，原本都是可以咏唱的，并且诗和歌也是可以互相转化的。比如宋词，词牌就是曲谱，依格而填，就叫"填词"。远的不说，就在百年之前，最早的学堂乐歌是以西洋的歌曲曲调为主，依曲填词而形成了独特的艺术创作。《舜典》中有"诗言志，歌永言"的话，《乐记》对此作了解释："永言即诗也，非于诗外求歌也。"

中国社科出版社 2007 年出版四川大学陆正兰教授的《歌词学》指出："整整一部中国诗歌史，就是诗在歌词与徒诗之间摇摆的历史。"又指出："徒诗与歌词不断地转换位置：每当一种诗的样式充分发展，'内转'到无可再转。需要新的形式时，诗就回过来找歌曲，把歌的音乐性转移到诗歌语言内部的音乐性上。"我以为这种说法虽为一家之言，却很有道理。

诗歌一家，歌诗一体，古今中外亦然。

许多人都知道泰戈尔是获得过诺贝尔文学奖的大师级人物，他的诗和散文诗誉满天下，但并不知道泰戈尔的歌词创作极为丰富，是他的文学宝库的重要组成部分。据翻译家白开元介绍：泰戈尔歌词集《歌之花园》中，编入他的歌词总数逾 2000 首。印度国歌《印度命运的主宰》，孟加拉国国歌《金色的孟加拉》，都是由泰戈尔创作的。商务印书馆 2012 年 1 月出版了白开元翻译的《泰戈尔经典歌词选》。此书收入泰戈尔创作的爱国歌曲 17 首，爱情歌曲 87 首，祈祷歌曲 50 首，自然歌曲 34 首，以及其他七彩歌曲 19 首。此书首次为中国读者提供了欣赏泰戈尔歌词的机会。学界认为，泰戈尔歌词是宝训，只有把全部歌词译成中文出版，我国对泰戈尔诗歌的译介，才能说是完整的。歌词的文学属性，在泰戈尔的作品中，得到了淋漓尽致的表现。试举白开元译泰戈尔《我生命唯一的祈求》为例，让我们来欣赏泰戈尔的歌词艺术：

> 你是我生命唯一的祈求，
> 除了你，这人世间我一无所有。
> 你如果缺少幸福，
> 去寻找你的幸福吧，
> 我在心中得到了你，
> 从此我别无所求。
>
> 漫长的昼夜，
> 漫长的岁月，
> 我的灵魂伴随着你，
> 分担你的忧愁。
> 如果你另有所爱，
> 如果你不再回来，
> 但愿你得到想要的一切，
> 别管我一夜之间愁白了头。

泰戈尔以细腻的笔触，优美的语言创作的这首爱情歌曲，表现了相爱男女丰富而复杂的感情，反映了即使不成眷属亦永不变心的痴爱。中国的民歌中，现代的流行歌曲中，这样的情歌也是浩如烟海的。一代代痴男情女吟唱这些情歌，这些情歌已融进一代代人的感情生活。这不正是文学的一大功能吗？

众所周知，《人民文学》号称"国刊"，专发高质量的文学作品。在该刊 2011 年第 11 期上，发表了两位青年女词作家的九首歌词。紧接着，第 12 期卷首语中，编者又说了这样一段话："上个月，我们颁发了第九届茅台杯人民文学奖。本次获奖者有文学界熟悉的作家，也有民谣歌手周云蓬这样的诗人，还有来自台湾的作家骆以军；当周云蓬在台上演唱《不能说话的爱情》的时候，我们都意识到，文学是如此广袤，正如铁凝主席在作协八代会的闭幕词中所说，它'在心灵深处把人团结在一起'，它在时代的巨变中正为自己开辟繁多的、宽阔的可能性。"你能说歌词不是文学吗？民谣歌手不是诗人吗？如果有人还是固执己见，那就只能说是偏见了。

浙江卫视办过一个很受观众喜爱、收视率很高、在全国影响很大的电视娱乐节目《我爱记歌词》，节目中的歌词内容让人回味无穷。后来，主持人华少有意于从文学中涉取精神营养，又把该节目放到了文学的河流中，与同伴一起撰写了一本书《我爱记歌词里的文学蜜饯》。这本书旁征博引，阐幽释微，在112首流行歌曲中寻找到了与182篇文学作品的源流及其演变的血脉关系。程蔚东为该书作序时举证说明：从杜牧的"蜡烛有心还惜别，替人垂泪到天明"中体味小虫"你总是心太软心太软，独自一个人流泪到天亮"；从《红楼梦》中顽石变成美玉的篇首交代的字字珠玑，偏偏发现林夕"前尘硬化像石头，随缘地抛下便逃走"的喟叹；从詹姆斯·巴里的童话里，施人诚发现"我不想我不想不想长大，长大后世界就没有童话"；黄安《新鸳鸯蝴蝶梦》与李白《宣州谢朓楼饯别校书叔云》，张学友《心如刀割》与苏轼《与外生柳闳》，周杰伦《青花瓷》与柴世宗御诗，任贤齐《少年游》与李清照《武陵春》等等，皆一脉相承，甚至许多歌词就是古诗词变体。

歌词，确实堪称文学蜜饯。

在我们的文学传统中，现当代许多诗人和作家都是写过歌词的，有的还成为文学经典传之后世。田汉的《义勇军进行曲》，闻一多的《七子之歌》，李叔同的《送别》，光未然的《黄河大合唱》，贺敬之的《白毛女》，端木蕻良的《嘉陵江上》，三毛的《橄榄树》，潘乃农的《长城谣》，余光中的《乡愁四韵》，肖华的《长征组歌》等等，在中国人的心里积淀了一片文学厚土。

在把古诗改编成歌词方面，作家琼瑶拥有丰富的经验。而且，几乎每首歌都传唱一时。《还珠格格》第一部的片头曲《当》，其歌词就是改编自汉代乐府诗《上邪》。电视剧《青青河边草》的主题曲也是改编自作者不详的汉代乐府诗《饮马长城窟行》，取自"青青河边草，绵绵思远道"之意。电视连续剧《梅花三弄》，其主题曲中，那句著名的"问世间情为何物，直教人生死相许"，则是直接引自金末元初诗人元好问的《摸鱼儿·雁丘词》。大陆拍摄的第一部琼瑶剧《在水一方》的主题曲，其歌词就是改编自《诗经》名篇《蒹葭》。著名词作家方文山把这类歌曲称之为"中国风歌曲"。何谓"中国风歌曲"？方文山的解释是，词曲的风格特别为中西合璧，大体上而言为西式的音乐曲风融合仿古诗词的中式词意，有些则再加上传统古乐器的编曲。如单纯缩小范围仅讨论歌词的话，一言以蔽之，就是词意内容仿古典诗词的创作。方文山写的《娘子》《东风破》《菊花台》《青花瓷》等，堪称"中国风歌曲"代表作。我把这一现象，看作是重放的鲜花——歌词向文学回归。

特别有意思的是，音乐人鲍勃·迪伦，在他 75 岁的时候，获得 2016 年诺贝尔文学奖。他这次获奖的理由是，"用美国传统歌曲创造了新的诗意表达。"也就是说，主要表彰的还是他的歌曲。诗意一直是他歌曲创作很核心的部分。诺贝尔文学奖授予鲍勃·迪伦，实际上也是在提醒，文学有一个更宽泛的概念、更丰富的世界。无疑，歌词的文学属性，日益被人理解，被词曲家重视，被受众欣赏。换句话说，一个词作家应该把每首歌词都当作一件文学作品来创造，努力打造文学精品。

当然，不仅是文人雅士争相吟唱，而且更要老百姓喜闻乐见，甚至蔚为流传。那些美好的歌词，如同月光下流淌的小河，散发着来自文学母体的生命气息，散发着充满文学魅力的清芬……

二、歌词与诗不同样

一首好歌词很可能就是一首好诗，一首好诗不一定就是一首好歌词。现代歌词与新诗是有区别的。

我认为，新诗是用来读的，歌词是用来听的。二者的共同点，都是用来抒情的。这是歌词与新诗共同具有的诗学属性。它们又因了审美追求的基点不同，而区别尤甚。新诗的抒情究其根本是一场自我表现，一场心灵絮语式独白。如古人所言，夫子自道也。歌词的抒情审美追求是一种群体情绪的交流，一种有情绪互动意味的呼应性活动。只有群体共通的情感，才能发生我呼你应的效应。这些观点，都是骆蔓在《论现代歌词与新诗的区别》中论述的，我在这里不过是鹦鹉学舌。用骆蔓的话说，现代歌词与新诗的根本区别在于审美基点的不同，现代诗是心灵独白，歌词则是广场呼应。骆蔓从以下四个方面加以说明：

从结构方式上看，现代诗大多以起承转合为表现方式，总是委婉曲折，渐入佳境，情感提升有一个过程，结果则是对情感的真意性把握。歌词是以对称均衡为表现方式，总是率真单线，一呼即应，情绪在原地踏步、持续反复，无意于让情感升华以达到更高境界。歌词结构比诗要单纯、单一、单调，对歌词来说这是无损于它的存在价值的，因为它以对音乐的依附和辅助而显出价值了。

从意象表现上看，现代诗的意象和意象相合体，大都以直觉感性化的具象来感发，以其大幅度激活想象联想，婉曲，含蓄，隐晦，含混，以至进入某种隐喻、象征的境界。歌词的意象表现则是一场印证意象的抒情活动，更多的情况是拿知觉譬比化的具象来印证。当然，这也会带来一定程度的浅白、直露以致缺乏余韵。但这倒合于歌词要求，让听众一听就懂得印证的意图就算达到了目的，歌词本身余韵之不足则可以让音乐旋律想象引起的感应来补足。

从语言策略上看，现代诗家语，新奇而晦涩，只许暗示，无须明言：絮语中显得断断续续、残缺不全、颠三倒四的情况，倒是正常的。这种种导致诗家语貌似晦涩，却具有隐喻性，特显暗示功能。歌词使用的语言非得浅显、明确不可，歌词的意象既要求单纯、直接，也就会连带制约着语言非得凝练、切实不可。歌词语言虽不及新诗语言的婉曲含蓄，缺乏弹性与密度，但一当姿态语掺入（如打夯、拉纤、开山、修路等），强化了歌词语调，以呼求应的歌词语言就大放异彩了。这是新诗语言难以企及的。

从节奏类型上看，新诗是回旋推进型，歌词是往复交替型。由于回旋推进类节奏是长度不同的诗行顺差或突兀组合形成的，也就会势必会决定具现其节奏的是自由体式。歌词在组行成节、组节成篇中，它在同长度诗行或不同长度的对应诗行均齐地组合成节，以这类诗节匀称或对应匀称地组合成章，由此反复展开而造成去而复来、交替有序、琅琅上口、和谐匀称，声势语调显示为类似原处打转的周期性运行规律。

由于骆蔓《论现代歌词与新诗的区别》（载于大型新诗丛刊《星河》2011 夏季卷，人民文学出版社）是篇较长的论文，且学术理论性较强，专用名词较多，故我只能取其大概，摘录要点，以期学而致用。综上所述可见，歌词与诗不同样，区别是明显存在的。我结合自己的创作实践，归纳起来，也有若干体会。简而言之，有以下十条：

> 歌词大众化，诗则个人化；
>
> 歌词口语化，诗则书面化；
>
> 歌词格律体，诗则自由体；
>
> 歌词要有亲切感，诗则要有陌生感；
>
> 歌词要明朗敞露，诗则要隐蔽含蓄；
>
> 歌词要对称和谐，诗则要参差错落；
>
> 歌词要单线入题，诗则是渐入佳境；
>
> 歌词喜比兴，诗则爱象征；
>
> 歌词需押韵，诗则可随意；
>
> 歌词交替型，诗则推进型。

著名词作家方文山在《青花瓷——隐藏在釉色里的文学秘密》一书中，谈到歌词与诗的区别时，谈得很实际，可以说是经验之谈。方文山说：第一，因为诗的写作不需牵就音乐（曲），故可恣意长成任何它想长成的样子。

但歌词不行，填词必须与谱曲配合，一个字对一个音。也因此，歌词行数一般均介于十六至二十四行间。第二，诗的断句之所以参差不齐，是因为它不需要配合曲的架构格式。而歌词主要分成主题（A 段）与副歌（B 段）二大段落，每个大段落又可分为前后二小段，即 A1、A2、B1、B2 四个段落。这其中 A1 与 A2 的旋律和弦基本上是一样的，B1 与 B2 亦同，也就是前后段歌词的字数断句是相同的，故歌词前后段的韵脚断句需一致，文字才能对上音符。第三个则是"人称代名词"，流行音乐主要作用于情绪的宣泄，音乐（曲）必须能打动人心，文字（词）必须能收起共鸣，才可以给予人情感上的寄托。因此，必须让唱歌或听歌的人清楚知道这是为谁而唱的歌，是为自己的遭遇，为假想的情节，或他人的故事？也因此，歌词中一定要有所谓的人称代名词（你、我、他），否则唱歌与听歌的人无法寄托与想象歌词故事的对象是为谁。但诗并没有这层顾虑，它纯粹仿为一种文字作品欣赏，由阅读的人去咀嚼与消化字里行间的意涵，诗句中是可以完全没有人称代名词在内的。

方文山不愧是词坛大家，把问题谈得透彻，也引起我的思考。歌词，落在纸上不过百字左右，上台演唱不过四五分钟，但往往是词作家几十年的心血凝成；又受到句数和格式的局限，真的是戴着镣铐跳舞，创作是何等的艰辛！不过也值得欣慰，它会成就一个四五分钟的新天地，一个七情六欲的人生舞台。如果把一首歌曲比作一个女人，流畅的旋律就是她的躯体，美好的歌词就是她的灵魂，那么徒有其表而灵魂欠佳，这总是一件令人遗憾的事情。台湾作家陈乐融说："歌词表达了多少美妙的人生意境和奇思怪想；没有歌词，大家只能听演奏曲。拿人比喻，旋律像容易接近的'肉体'，歌词则是必须有点深度才能鉴赏的'灵魂'。我爱有血有肉，更爱灵魂——如果它有。"

谁都知道，是诗律造就了诗歌的音乐效果，相应的也造就了诗歌的音乐一般的感染力。所谓音韵之美，一般是对节奏和韵律而言。我写歌词的习惯，大多采取隔行押韵，只押尾韵，而且押双不押单。但对于流行歌词，常常是句句都押，而且一韵到底。现代新诗恰恰忌讳这么押韵，写诗的人会笑话这是顺口溜。不过没关系，只能说这个写诗的人对音乐多少有些隔膜罢了。因为，歌词是讲究音色的。

苏缨、毛晓雯在品鉴西方经典诗歌之美的《诗的时光书》中，谈到诗的音色，或诗歌与音乐的关系，其中涉及到歌词的节奏和韵脚，给我们打开了一扇窗户。书中说：声音就像音乐一样，会影响人的情绪。作曲家知道，较严肃的歌曲更适合大调来谱，较柔情的歌曲更适合用小调来谱。中国的古典诗人也深谙这个道理，知道若表达开阔的情绪就要多用于开阔的声音，比如

"朝"、"红"这样的字；若表达苍凉的情绪就多用苍凉的声音，比如"悠"、"洲"这样的字，甚至连绵起来，如"悠悠"；喁喁私语则适合"枝"、"期"这样的声音，绝对不要洪亮；逼仄难抒的情绪则适合用人声的韵脚，如岳飞的《满江红》（怒发冲冠）。也有些诗人特意要把诗与歌泾渭分开，后期的戴望舒就是这样，从《我的回忆》这部诗集开始便再不复《雨巷》时的样子了……就在这个时候，人们才真正想通了美学家瓦尔特·佩特的那个经典命题："一切艺术形式都将归向音乐。"

写到这里，关于歌词与诗的区别，该说的差不多都说了。只是余意未尽，总想发几声感叹。我想，岁月是一条长河，一路颠簸着诗意，如同风景般走来，这样，诗意就变成了歌。我只是在歌声中，寻找着从风景到心灵的距离。诚如诗人所说，"听一首歌，要听到每个细胞都成为音符。"不仅是聆听，还有怀想，还有脚印，还有记忆——用生命的才情打造歌词的记忆，那是一个星光在长河中漂流的梦，抒情的梦，多么美丽而又神奇。

三、歌词写作经验谈

一首好歌是如何炼成的？

总有一些爱好歌词的朋友问我，怎样写好歌词，有什么诀窍？从我第一首正式发表的歌词《山里的女人喊太阳》直到现在，我在歌词创作的路上走了差不多十八年了，发表的歌词也差不多有七八百首了。仔细想想，一路上摸着石头过河，有过山穷水尽，也有过柳暗花明，说不完的酸甜苦辣，积累了许多心得体会。如今趁着跟朋友聊天的机会，把平时各种片断的想法集中起来顺便说一说，也算求索，也算是经验吧。

什么是歌词？我认为歌词就是：可以唱的诗。一首好歌词就是一首好诗，而一首好诗不一定就是一首好歌词。歌词与诗的区别在于，歌词是大众效应，广场效应，你呼我应，一呼百应；诗是小众效应，心灵效应，一个人的战争，一个人的圣经。我主张把歌词当作诗来写，写出诗意，写出意境；但不主张写成散文诗，写成朦胧诗，更不能写成语言晦涩难懂的诗。我赞成瞿琮先生的意见：歌词是口头文学，口口相传。上品歌词，第一是口语，第二是口语，第三还是口语。

我认为，歌词的价值在于以真写真，以爱生爱，以善激善，以美育美。歌词有三忌，一忌假，二忌大，三忌空。假者，虚情假意也。大者，小题大作也。空者，空洞无物也。我们发现，产生概念化歌词的根本原因，就在于缺乏生活。那种标语口号式的歌词，浮夸虚饰的豪言壮语，没有生活细节就没有筋骨没有温度，也就不接天光不接地气。

情景结合是什么意思？我理解就是诗情画意。以景出情，借景抒情，景在情中融合，情在景中升华，达到自然流畅、天人合一之目的。歌词只有插上音乐的翅膀才能飞起来，因此歌词要特别精短简洁，把空间留给旋律，把时间留给听众。

鲁迅先生说，选材要严，开掘要深。这八个字，同样适于歌词写作。胡适先生说，所有的花样都来自民间。这是一个被古今中外文艺创造证明了的真理。任卫新先生在他的博文中引用一位老师的话说，文人的笔是写不过民歌的。我一直认为，风自民间来，高手在民间，真正的艺术扎根于民间土壤中。那些传承百年至今仍然鲜活如初的民歌，《茉莉花》《龙船调》《小河淌水》《康定情歌》等等，当代词作家读了唱了想了必然会惭愧不已。

四合院在北京是最具代表性的民居。悲欢离合中，人情故事里，从中感受中国式诗境。一首好歌就是一个"四合院"：词好，曲好，编得好，唱得好，四好合一，传遍天下。

歌词短小，用好动词特别重要。一个动词用活了，一个句子就鲜活了。比如，"谁的姑娘开成一朵花，谁的茶园为她当陪嫁，谁的茶歌年年发新芽，谁的茶香翻过了山垭。"（甘茂华《惹巴拉》）山寨的茶香，可以用飘过山垭、吹过山垭、送过山垭等，这里用"翻"作动词，不仅将茶香拟人化更显生动，而且突出了山区的特点。又比如，"乡音晾在风光里，乡情总也亲不够"，其中的"晾——乡音"、"亲——乡情"，打破了常规的词语搭配，从而产生了陌生化效果，增强了语言感染力。

运用比喻或者象征的修辞手段，必须注意三点，一要准确贴切，二要形象生动，三要新鲜有味。比如，"扯起喉咙喊太阳，喊醒了满山的杜鹃花"，"喊出了万担金唢呐，喊出了一个金娃娃"（甘茂华《山里的女人喊太阳》），歌词选择"金唢呐"比喻万道金光，"金娃娃"比喻金色圆满，用"喊醒杜鹃花"象征山里女人的觉醒，用"喊太阳"象征山里女人对幸福生活的呼唤和向往，算是用得巧妙、新奇的。

怎样做到诗情画意？文无定法，各有创造，略举几例，仅供参考。

第一，白描写生法：对照生活作画，诗意潜流其中。如怎样概括秭归的历史地理文化，用实话实说的四个句子白描，"一开门就看见三峡大坝，一推窗就抓来白云一把，一开口就唱起船工号子，一抬脚就走进屈原老家"（甘茂华、谭斌《邀你到秭归》）。

第二，仿古诗词法：仿效古体诗词，表达风情诗韵。如《青花瓷》《涛声依旧》，如"长城外，古道边，芳草碧连天"（李叔同《送别》）。

第三，方言俗语法：日常精彩俗语融入歌词，点缀生活画面凸显情感力量。如原来流行在宜昌的俗话"青滩的姐儿叶滩的妹，宜昌的小嫂子最有味"，我将它稍加改造，直接写进歌词，变成了"青滩的姐儿叶滩的妹，三峡的姑娘最有味。不打粉来不描眉，岩缝缝的花朵自然美。"又比如，"山里的汉子敞开怀，敲起琴鼓劲逮逮。琴鼓就是那烧春的火，雷打一声天地开。"（甘茂华《敲起琴鼓劲逮逮》）其中的三峡地区方言"劲逮逮"用在歌词中，充分表达了浑身充满力量的劲头。

第四，警句格言法：总结生活经验，创造金玉良言。如，"敢问路在何方，路在脚下。"（阎肃《敢问路在何方》）

第五，现代诗歌法：学习现代诗歌写作方法，运用通感等各种修辞手段，让歌词诗意盎然。如，"我像一朵雪花天上来，总想飘进你的情怀，可是你的心扉紧锁不开，让我在外孤独徘徊。"（晓光《我像雪花天上来》）

第六，虚实结合法：将生活的现实与诗意的浪漫相结合，张弛有度，想象丰富，歌词更具张力。如，"背篓背过巫山云，脚板踩过香溪水，白天跟着太阳走，夜晚陪着月亮睡。"（甘茂华《青滩的姐儿叶滩的妹》）歌词的背篓、脚板、白天、夜晚都是写形象，是实写，有声有色。而后半句背过巫山云、踩过香溪水、跟着太阳走、陪着月亮睡，是写意，虚写。这样虚实结合，就把三峡姑娘的美好形象抒发出来了。

当然，还有很多很多方法，不再举例说明了。

既然要创造诗情画意，当代歌词就必须兼容并长，既要向现代诗学习，也要向古体诗词曲赋学习。我也偶尔写点古体诗词，写完后总要向懂行的诗家请教，请他们把关，这实际上也是歌词训练的一种方法。歌词虽然不受诗词格律的束缚，但在结构、节奏、平仄、对仗、押韵等方面，从古体诗词曲赋中仍然可以汲取多种营养。比如律诗中间对仗的两联，俗称颔联（第三、四句）、颈联（第五、六句，又称腹联），惯例讲究一虚一实、一情一景、一大一小、一远一近、一比一兴等等，就是要求两个句子要有参差对比，内容变化才会灵活，不虞板滞。这对歌词写作就有极重要的借鉴作用。

一首歌词好不好，怎样评价它？在我看来，有四项基本原则：文学的诗意原则，音乐的唯美原则，文化的受众原则，思想的境界原则。也就是说，一首好歌词，具有诗情画意，符合音乐的审美标准，从接受美学上考虑文化的大众性和传播特点，在思想境界上有所升华。选材决定一个词作家的格调和品味，思想境界则决定一个词作家的社会责任感和艺术使命感。文学性和艺术性，是歌词的两个轮子。有了这两个轮子，歌词就能走到海角天涯。

拉拉杂杂讲了这么多，对歌词写作不一定有用，个人所见，姑妄言之，只当是和朋友们喝酒聊天，说的是酒话罢了。也算经验，无需深究，风吹过耳，干杯干杯！

四、说一说鄂西民歌

探源：遥远的竹枝

在遥远的唐朝，一个政治上失意被贬到三峡做夔州刺史的诗人，因为在川东巫山一带看到当地人唱歌跳舞，便对三峡民间歌谣特别青睐，开始模仿巴歌写《竹枝词》。他做梦也没有想到，历史记住的不是他的官职和政治生涯，而是他的诗。特别是他的《竹枝词》，开创了一个诗歌流派，影响后世文人从不同方面向他学习而各有所得。苏轼、苏辙、王安石、徐渭、袁宏道等诗坛大腕，无不以他为活谱。他被清代学者翁方纲誉之为："以《竹枝》歌谣之调，而造就老杜诗史之地位。"

这很像一个长期生活在城市里，身心疲惫而遭遇失恋打击的人，在偏远的山野旅游中，碰上一个美丽而质朴的村姑。他对她一见钟情，最后不仅成为他的终生伴侣，而且还成就了他的一番事业。而那个村姑，竟成了走红时装界的模特儿。唐朝的诗人和《竹枝词》的故事与此十分相似。他在三峡汲取民歌的营养，写出一批反映下层社会民众生活和风土人情的好诗。正因为他的诗在创作风格上汲取了巴蜀民歌含思宛转、朴素优美的特色，所以比起一般文人创作来，另有一番清新自然、健康活泼的韵味，充满着生活情趣。

他叫刘禹锡，唐代文学家、哲学家。刘禹锡生在嘉兴，长在洛阳，自称江南客。19岁左右游学长安，唐贞元九年与柳宗元同榜登进士第。最高的官，当过监察御史。因参与王叔文革新失败，初贬连州，再贬朗州，后来又贬到夔州。也就是说，从广东、湖南一直流放到三峡。从某种角度看，刘禹锡是个行走的作家，漂泊的诗人。他来到三峡，于是被三峡的雄山奇水所陶冶，愁眉锁眉为之一扫；于是努力掌握民歌曲调，学唱《竹枝词》，使听者愁绝。遥远的竹枝，该是另一种乡愁？

据《全唐书》记载，刘禹锡自己说过听三峡民歌的感受："四方之歌，异音而同乐。岁正月，余来建平，里中儿联歌竹枝，吹短笛，击鼓以赴节。歌者扬袂睢舞，以曲多为贤。聆其音，中黄钟之羽，卒章激迁如吴声。"建平在哪里？郡治在今巫山县。民歌的调试特征是什么？古代川东鄂西人唱歌的音调与调式协黄钟之羽，即似商非商、似羽非羽，自成一体。用现在的说法，刘禹锡这样做叫采风，贴近生活。没有这种沙里淘金的功夫，竹枝永远是竹枝——原汤原汁的俗谣俚音，而不能成为竹枝词——将其引入文人诗苑进行创造性实验。如此说来，遥远的竹枝，该是诗人精神的源头？

鲁迅先生在《门外文谈》中指出：唐朝《竹枝词》和《柳枝词》之类，原都是无名氏的创作，经文人的采录和润色之后，流传下来的。

刘禹锡贬谪三峡期间，依调填词，写了许多摹拟民歌的竹枝词，流传到现在仍为广大读者所爱好。如："杨柳青青江水平，闻郎江上唱歌声。东边日出西边雨，道是无晴还有晴。"诗人借一位初恋少女的口吻，用谐声双关语来表情达意。又如："山桃红花满上头，蜀江春水拍山流。花红易衰似郎意，水流无限似侬愁。"诗人把比兴糅而为一，含思宛转，音节和谐，情韵传神。你细细读来，就读出了三峡流域五句子情歌的味道，甚至可以说，五句子情歌就是竹枝词的母体。

我隐隐担心的是，三峡百万大移民，他们像蒲公英的种子被风吹到天南地北，在异乡的土地上重新开始生存，也必须融合于当地的文化之中。而他们适宜生长的水土呢？乡音难改的方言土语呢？多姿多彩的民俗风情呢？曾经诞生过竹枝词的山歌民歌五句子情歌呢？……恐怕也会随着被淹没的城镇而被淹没掉了。不是在故乡，而是在他乡。

因此，离本土文化越远，本土文化就消解得越快。对于竹枝词，该是多么忧患和悲伤啊！看那三峡两岸的山寨里，风把遥远的岁月和歌声积淀在竹林的根部，竹叶却在风中轻轻地摇晃起来。但竹枝的美丽仍旧在历史的心灵里，深深地歌唱，深深地歌唱。

母体：五句子情歌

月亮歇在吊脚楼上，火塘的柴兜子越烧越红，铜炊壶咝咝作响冒着缕缕热气，五句子情歌便随着寒夜在土家山寨缓缓升起。高山流水唯有一片片月光，一个个火塘。乡亲们围着火塘端起酒碗，听那鼎罐炖腊蹄子的咕嘟咕嘟的声音——冬天的声音，于是温馨的渴望撩动了嗓音，五句子情歌就像火塘闪烁不灭的火光，随风潜入夜，充满了浸透岁月的激情。没有伴奏，也没有伴舞，原生态的。只因山高月小，两个人隔着一个山头，见一面也要走上大半天，最好的交流就是对歌，对的是五句子情歌。以山为舞台，以水为背景，以天地为依托，把人的感情尽情宣泄。想怎么说就怎么说，唱的什么从不需要解释，所有土家男女都懂，都晓得其中的奥妙。与汉族诗歌比较，所谓婉约，所谓意境，所谓诗贵含蓄，真是太小家子气了，也太不诚信，太不爽快，太不阳刚了。

当然，五句子情歌也缠绵，但缠绵得开朗；五句子情歌也温柔，但温柔得真实。在山大人稀的地方，五句子情歌是灵魂与灵魂的碰撞与融合，来不得半点虚假，说不得半句谎话。你唱五句子情歌就要把心挖出来，红的黑的，活的死的，开口便知。很可能，五句子因此才流传千百年，并注定还要继续流传下去。

清早起来露水潮，
要郎买板搭浮桥。
买板要买沉香木，
搭桥要搭万丈高，
接我相思路一条。

一条相思路就这样在山林间搭成了。痴心女子，盼郎来接她，借口路上有露水，撒个娇——要郎买板搭桥。桥和轿是谐音，其实是明明白白告诉对方，快用大花轿来接我吧。像这样的土家女子，都是表达爱情的高手。所有土家人，唱五句子情歌都是天才。他们的精神世界——爱与恨、战与和、生与死、美与丑、夜与昼、灵与肉等等，都在以五句子情歌为代表的草根文化中泡了千百年了。而且与时俱进，注入了土家人新鲜的血液。

自古以来，中国人崇尚的审美心态是对称美。像故宫，建筑群落沿中轴线布局。像古诗，多是四言八句，以字句结构的两两相对为美。鄂西土家族的五句子情歌却偏偏打破了这种字句结构的对称，在四句之后赶上一句，俗称"赶五句"。这一句或是画龙点睛，深化主题；或是翻出新意，锦上添花。你想，五句是奇数，组合得不好，唱起来是容易拗口的。怎么办？这反而使得土家人的想象力和创造力像楚水巴山一样绵延不绝、别具异彩。

读一读吧。五句子情歌巧妙地在两头两尾押韵，以克服自身的局限性。如："高山顶上一丘田，郎半边来姐半边，郎半边来种甘草，姐半边来种黄连，半边苦来半边甜。"中间的第三句不押韵，就如同一条扁担，一头挑两个箩筐，这样唱起来就显得对称和谐，铿锵悦耳了。虽说五句子情歌篇幅简短，每首寥寥五句，但它构思巧妙，想象奇特，有着惊人的非凡的表现力。

正月望郎靠门站，
眼泪落了千千万。
落在地下拣不起，
拣了起来用线穿，
留给情哥回来看。

眼泪可以拣起来用线穿成一串珍珠吗？可以像保鲜物品一样留着等心爱的人回来再看吗？这个可人的土家子女无非是想说：我多么爱你啊，多么想念你啊。说着说着，她眼里涌出了泪水，也动了真情。封闭的大山阻隔了外面的信息，特殊环境中的特别关注，靠五句子作为信息的载体。有人说五句子情歌，只能抒情，不能叙事。不对，我看这个观点是不成立的。五句子情歌抒情、议论、叙事，都可以运用得恰到好处。我们就来看一个妙趣横生的故事吧：

> 姐儿住在对门岩，天阴下雨你莫来。
> 打湿衣裳犹是可，踩了脚迹有人猜，
> 无的说出有的来。
> 不怕山高壁陡岩，天阴下雨我要来。
> 我把鞋子倒穿起，只见人去不见来，
> 神仙下凡也难猜。

显然，前面是女的唱的，诉说自己的居住环境，劝相好的男人下雨天莫来，怕人发现脚迹，背后嚼舌头。后面是男的唱的，表达自己要见女人的决心，并且想了一条"倒穿鞋"的妙计，得意起来连神仙也不放在眼里。这对男女下雨天幽会的故事，人物的样貌、性格、情绪以及生活细节，都活灵活现地若在眼前，有轻喜剧般让人会心一笑的效果。

很多年前，诗人刘不朽送给我一本他在鄂西山区采风搜集的《鄂西民歌》，其中五句子情歌就有 400 多首。他在诗歌创作中汲取民间文学的营养而取得令人注目的成绩，于此可见有心人的一点素心和几分力气。说起来，我在恩施学会了唱五句子情歌，后来在长阳、五峰、秭归、兴山等地也搜集了许多五句子情歌。站在温暖的火塘边，我用歌声去读解爱情和生命。让我告诉你，五句子情歌是我散文写作的一个重要源头，也是我歌词写作中所向往的梦里老家。

流变：清江魂之音

八百里清江养育了一个民族土家族。八百里清江唱响了一首民歌《龙船调》。其实民歌中的绝大多数都是情歌，包括："妹娃儿要过河，哪个来推我？"但当代许多所谓的文化人都鄙弃代表民歌精华的情歌，摆出道学家面孔，指责清江情歌语涉鄙俚、黄，狗肉上不了席，难登大雅之堂。这就错到底了。许多所谓黄的情歌，"不惟充满敏捷智慧，而且包含生活情趣、性学知识，便说是民间的性启蒙教科书亦不为过。开化民智、混沌自凿，功莫大焉。"（作家张石山《人间耳经录》）细想，清江情歌确为鄂西艺术一大门类。从下里巴人开始，来自乡土的草根艺术便是高雅文艺的源头母体。如果身为文化人而对作为民间瑰宝的清江民歌漠然甚至鄙弃，应该说这种人不配做文化人，或者称之为文化叛徒。我是一个清江养育的作家，追根溯源，不敢忘本。是清江情歌的乳汁滋润过我的写作和生活甚至生命，是草根文明的富矿充实并开发了我的文化构成和文学选择的趋势。于是，我说过我生活在故乡的歌谣里。清江情歌犹如八百里清江从远古流来，从山地流来，从土家人心灵深处流来，浩浩荡荡，鲜鲜活活，形成博大而精美的文化景观。

从历史上看，书契以来，代有歌谣。而民间性情之响，很难列于诗坛，只能称之为山歌。不过《诗经》中就有部分由官员自民间采风而来的情歌，出于桑间濮上，情真而不可废，至今读来心弦颤动。后来，楚骚唐律，争妍竞畅。到了明代，作家冯梦龙辑评吴地《山歌》凡 10 卷，以抒写男女情爱为主要内容，风格清新明快，感情率真热烈，对明代民歌乃至中国俗文学研究，均具有重要参考价值。试举《半夜》为例："姐道我郎呀，尔若半夜来时没要捉个后门敲，只好捉我场上鸡来拔个毛。假做个黄鼠狼偷鸡引得角角里叫，好教我穿单裙出来赶野猫。"女人设定了个好计，男人自然心知肚明。冯梦龙说的但有假诗文，无假山歌，可称的评。《半夜》也确证了情爱的真境。民国初期，一大批学者和作家热衷搜集、整理、出版、评介中国情歌。北京大学开始征集歌谣是在 1918 年 2 月，从 5 月底起，刘半农先生的《歌谣选》148 首便陆续在北大《日刊》上发表。两年后，由沈兼士、周作人两先生主持成立了歌谣研究会，并刊行第一期《歌谣周刊》。胡适、顾颉刚、沈从文、朱自清等大家都参与搜集、保存和研究中国情歌。沈从文的著作中曾经引用过一首湘西土家情歌："姐儿生得俏俏的，两个奶子翘翘的。有心上前摸一把，心里急得跳跳的。"直白大胆地表达情爱，热烈而开放。胡适先生在 1936 年 3 月 9 日为《歌谣》周刊第二卷第一期写的《复刊词》中明确提出："我们的韵文史上，一切新花样都是从民间来的。"

从现实中看，清江情歌的深层研究和传播的覆盖都远远未到位。然而一些有识之士——坚实的民族意识和文化信仰以及有良知的知识分子的使命感、责任感和荣誉感，促使他们沉潜于清江情歌的潮水中，让那些鲜为人知的故事渐次浮出水面，成为承前启后的活化石和新的艺术经典。文化学者蔡元亨的《大魂之音——巴人精神秘史》指出，土家情歌是巴人文化精神的复印系统，是沸沸扬扬的生命大容器，是惊世骇俗的人性审美资源，是苦难民族的一部伤心史对文化的霜染现象，是重色彩的悲哀对民族心理的浸润，是绝处的生命透出的一点惨白的温情，是惟独生命存在时最强烈的冲动。我以为清江情歌，歌唱人性自由的极致，它是民族音墙上会唱歌的飞天，是阳光雨露和生命的原色。土家文化专家田发刚的《鄂西土家族传统情歌》具有感人肺腑、撼人心灵的艺术魅力，其中辑录的土家情歌是人类最美好而又生生不息的一种感情，是一种特殊形式的爱情语言。在土家族传统情歌里，积淀着土家文化的精髓，折射出土家儿女的美好心灵，它不只是属于过去时代的东西，也将对我们建设未来的美好生活给予积极有益的影响。试看："高山姐儿低山来，破衣烂衫破草鞋。衣衫破了人材好，鞋子破了脚不歪，凉伞破了梗骨在。"最后三句，是多么质朴高尚的情怀！作曲家孙邦固介绍民族民风的系统文章，从音乐家的视角切入清江情歌的文化底蕴，说古人，讲故事，唱情歌，成为艺术对话中的历史性成果。像这样的关于清江情歌的话题人物，还能列出一大串名单和书目，如夷水不舍昼夜，发出汩汩潺潺的歌一般的响亮。

土家族著名作家孙健忠、彭学明、李传锋、叶梅的作品中，从民歌中吸取营养，学习借鉴也引用过不少富有生活气息和地域特色的土家情歌。陈应松的神农架系列小说，信手拈入情歌，不仅增强了语言节奏感，而且神秘的氛围韵味无穷。老诗人刘不朽搜集到的三千余首鄂西民歌和山歌中——情歌所占的数量多达百分之八十以上，整理出版了四百首《鄂西情歌集》。刘不朽说："真正揭示鄂西情歌生命力奥秘的，还是鄂西情歌本身，是鄂西情歌中表现出来的优美纯真的思想情操和激荡人心的艺术魅力，使它得以千年争唱、万代流传！"因此才有了：无雨无水不成河，无郎无姐不成歌。

清江情歌浩如烟海，我们看到的只不过是其中迸溅的几朵浪花水沫罢了。那些玲珑剔透、质朴深挚的清江情歌，犹如一颗颗奇珍异宝，镶嵌在清江流域八百里巴楚文化的崖壁上熠熠闪光。它是土家人连情交往的口头创作的艺术结晶，伴随着土家儿女勤劳生息的足迹，洒遍山山水水、村村寨寨，滋润过千万人的心田，许多佳作至今仍活在人们的心坎间和口头上。其流传之广泛，影响之深远，艺术上之优美动人，是其它民歌所难以比拟的。宋祖英2004年在维也纳新年演唱会上情歌一曲龙船调，让清江情歌的旋律像金色的鸟儿飞到世界各地。正是这样的情歌反映了人们真挚的情感，表达了人们美好的愿望。它作为折光反射社会现实生活的一面镜子，在一定程度上揭示了社会生活的本质，具有无可争辩的价值。艺术上的特有光彩，使它尤为人们所珍爱。它除了文艺所具有的认识作用、美感作用和教育作用外，在土家人聚居的地方，还有作为男女连情桥梁的特殊社会功能。当我们从清江情歌中认真揣摩那种难分难舍的离情别绪，仔细体味那种如醉如痴的刻骨相思时，对土家人只讲情义不讲钱的择爱标准和忠于爱情的高尚情操以及将爱情进行到底的坚韧顽强的精神，不也能从内心里产生共鸣从而受到潜移默化的鼓舞吗？我们与清江情歌一起歌唱着，快乐着，痛苦着，思念着，忧伤着，幸福着。

与其它地区的情歌一样，清江情歌几乎包涵了人类恋爱情感的各种范式。"如：1. 男慕女；2. 女思男；3. 男看上女，而女看不上男；4. 女思慕嫁男而最终不得；5. 男故意求伤以期得到女的照顾爱怜；6. 男怜惜女的辛苦；7. 男女秘密恋爱状态下对长辈的提防；8. 直接求欢；9. 抗婚；10. 因处于热恋、相思而导致日常举动的若干忘情；11. 为实现爱情而勇于面对并排除困难；12. 单相思；13. 偷情；14. 情变；15. 闺怨；等等。"（作家黑陶《泥与焰》）当然清江情歌还有许多与众不同之处，骂媒、哭嫁、抢亲、怀胎、殉情等等，唱得人热血沸腾，想起古人所说的：天地合乃敢与君绝。

关于清江情歌中的"撒野现象"，实际上是原生态土家文化的一个特征，是赤裸的感情和补天的胆魄对束缚人性的一声呐喊和一种打破铁屋的强有力抗争，是对封建礼教精神压迫的一个反动。"太阳当顶又当槽，情哥抱到情妹摇。口问情哥摇啥子，中午时节血脉潮，不摇情妹好难熬"；"太阳当顶红似火，晒得情妹无处躲。躲到情哥怀里坐，哥背太阳妹背哥"；"太阳落土天边黑，情哥说在姐家歇。没得铺盖不消借，滚在一起心头热"。清江情歌在婚恋行为中所表现的生命冲击力和审美性癫狂，曾经是民族生存所需要的原动力和人性最直接的指证。除了"撒野"，大多数清江情歌对爱情的执着追求表达了一种撼山易而撼情难的不畏死的心态和感情："天要落雨云变黑，郎要丢姐丢不得。要丢除非岩结子，除非天塌地也裂"；"生也捱，死也捱，前世捱到今世来。哥妹相交不容易，阴间解锯没锯开，看你哪个来拆台"；"青布帕儿五尺长，打个疙瘩甩过墙。千年不许疙瘩散，万年不许姐丢郎"。没有犹豫、彷徨、软弱、怯懦、退缩和沉默，磊磊落落的浩然正气充盈于天地之间。

关于清江情歌的生存环境，使我们得以了解一个人文清江，认识和把握清江流域的自然规律。同时对土家人勤劳、勇敢、乐观、豁达、坚韧、洒脱的民族性格和在艰难中进取向上的生存状况，也有了感性的触摸和理性的认同。当然，八百里清江流域的美丽风光和土家人独具特色的风俗民情，在清江情歌中也如土家织锦西兰卡普一样，闪耀着穿透岁月的光彩。桃花、牡丹、杜鹃、竹林、杉树、马桑、茅草、燕子、喜鹊、斑鸠、老鹰、鹞子、青蛇、箐箕、瓶子、斗篷、拱桥、耕田、栽秧、薅草、放排、挑水、砍柴……就是这种农耕文明的典型。

环境，培植了敢爱敢恨、幽默乐观的土家人的典型性格，也是清江情歌得以生根发芽开花结果的土壤。清江的源头在利川齐岳山，清江情歌的源头在土家人心里。"清江河里几多难，情妹心里许多弯。哥驾船儿弯里转，愿随情妹下陡滩。"唱得春情荡漾，唱得清江流域充满活力。土家人谈情说爱的地方一般是在河边、坡上、林子里、火塘边、集市上，大多是背人的地方。如果进入到"走马转角吊脚楼"，就包含着性事的成分了。女人的打扮一般是"青布裙来白围腰，背过几多山和江"，或者是"白布衫儿吊兰褊，穿回赶场嫌路远"。土家女人偏爱穿白衣服，纯洁的美与清江情歌有着千丝万缕的联系。男的唱道："远看姐儿穿身白，十个指头像藕节。那日把你捏一把，回家想了几个月。"女的唱道："白布帕子白布衫，专在人前穿上穿，只为哥哥捏一把，夜晚放在枕头边。"她们向往的居室布置是杉木栏杆、象牙床、红漆箱子、梳妆台之类，简单却适用，也适宜表达她们想念情人的心绪。"清江河水往上涨，一涨涨到沙坝上。来一个大姐洗衣裳，蓝的洗成白的样，白的洗成纸一张。杉木杆杆儿上晾衣裳；象牙床上折衣裳；箱子角角儿放衣裳。心腹上的哥哥你回来穿衣裳。"你听听她们发自肺腑的情真意切的歌声，多么婉转，多么含蓄，多么恩爱和缠绵啊！正因为清江情歌表达的感情如此细腻，所以它在表达手法上往往选择那些充满浓郁乡土生活气息的细节来刻画或描述人的性格、心态、情绪、举动、精神等等。有一首《轻轻悄悄进姐门》：

> 女：爹妈管我管得紧，四只床角安铜铃。
> 　　铜铃响来响铜铃，一夜不敢乱翻身。
> 男：我家开的弹匠铺，我把棉花带一斤。
> 　　四个铜铃都塞满，保你一夜无响声。
> 女：大哥是个巧木匠，做好梭落两扇门。
> 　　你要推门嘎嘎响，看你情哥怎进门。
> 男：我哥是个榨油匠，我把桐油打半斤。
> 　　一个门斗放四两，进进出出无响声。
> 女：我家三十六条狗，条条恶狗咬生人。
> 　　看到小妹难缠身，劝你死了这条心。
> 男：把你汗衫借一件，好狗不咬自家人。
> 　　莫说这是生人宅，阎王殿里也敢行。

它不仅表现了土家文化对封建礼教的蔑视，在婚姻危机中把人性强度拔高的精神性事实，而且张扬了主人公执意要搅扰封建化过程中所确定的婚姻秩序的人性自由和机智性格。棉花、桐油、汗衫之类细节，对应铜铃、门扇、恶狗之类细节，形成健康情欲的幽默性效果。

关于清江情歌中所描述的饮食习惯，许多歌词都说到土家人十分喜爱酸辣口味，特别是大碗喝酒、大块吃肉的豪爽义气，唱出了烈烈巴人的雄风。"情姐收拾来看郎，左手提的香腊肉，右手提的母鸡汤，苞谷熬出烧酒香，饭香酒香哥先尝。"这首歌提到的腊肉、土鸡、苞谷酒，至今仍是清江流域农家饭庄的招牌菜——土家特色饮食。至于清江情歌中对标致女儿的审美标准，一是要长得白——肤色好，二是要长得乖——五官好，三是要长得有模有样——"瓜子脸，盘龙发，红绸鞋，绿丝袜，下穿水罗裙，打扮观世音，一双好小脚，神仙脱的壳"。一个活脱脱的漂亮的土家妹子就这样沿着清江向我们一步步走来。

鄂西大山的苍莽山谷里，水杉青青，情歌袅袅，温润的河风从清江源头顺着我们心灵的历程轻轻吹拂。我的风衣像鸟鼓荡着翅膀，歌唱着，一起一落地追逐着遥远的爱情，寻觅那些艺术的碎片——那是故乡的回忆和话语之乡，爱情的梦境和阅读美的年轮，土家民族人性本源处的风流和生命深处爆发的精神嘶鸣……

余音：我的梦花树

在土家山寨，发现一棵梦花树，树上开着粉红色花朵。细长而柔韧的枝条上，被人挽了一个又一个的结。土家妹子对我说，这就是我们土家人喜欢的梦花树。

我问她，为什么要叫梦花树？

她答道，谁要是做了好梦，就在枝条上打一个结。意思是好梦圆圆，像花儿一样开放。也表示好梦成真，会长成一棵树的。原来，梦花树明白土家人的心情。梦花树和土家人的心是相通的。

可是，我在城市里经常梦回土家，城市里哪儿会有梦花树呢？我的心思该去哪儿才能挽成一个乡土的情结呢？

我把我的想法对土家妹子说了。她说，这还不容易吗？您爱写东西，您就把梦花树写成歌，天天读，天天唱，梦花树就跟您活在一起了。我想她说得对。就写了一首《梦花树》。

> 天天都在想，年年都在念；
> 土家山和水，都在梦里边。
> 山路如腰带，山歌似清泉；
> 多情又多梦，古老又新鲜。
> 天天都在想，年年都在念；
> 土家人和事，都在梦里边。
> 月是故乡圆，水是故乡甜；
> 女人挽着河，男人扛着山。
>
> 哦，梦土家，回土家，
> 梦花树上花最鲜；
> 哦，一个梦，一个结，
> 梦花树上梦最甜。

代跋／可以唱的诗

这首歌谱曲后，被北京一个青年女歌手看上了，她说她非常喜欢这首歌的味道，硬是要拿去登台演唱。

尽管她的形象和嗓音条件都不错，但我还是担心她很难唱好这首歌。她实在是太年轻了。也许，她不知道土家人的梦是什么，而且，梦为什么会开花。至于梦花树上挽结记梦的习俗包含着怎样的深意，也恐怕她不解风情。

无郎无姐不成歌，这就是鄂西山区土家人的一种风情。如果没有风情，民歌还有什么意思？如果没有民歌，土家人还叫什么土家人？

对我这部歌词集而言，梦花树也是一个象征，象征着圆梦之举。在《歌词三百首》出版之际，我要衷心感谢王原平老师、方石老师，他们在歌曲创作上给予我的指导和帮助，使我在追梦路上不断得到鼓舞和鞭策，他们是我的良师益友。我要特别感谢雷子明老师，在炎夏酷暑的武汉，应邀为本书写出精彩序言，他对歌词写作的精准见解，如一盏灯照亮我前行的路。我要向中国书法家协会会员、湖北省十大青年书法家的万双全先生致以诚挚的谢意，他为本书题写的书名，使本书别具雅意。我还要感谢许许多多音乐界的朋友，许许多多喜欢我歌词作品的朋友，我愿意和你们一起生活一起歌唱，且行且远且珍惜。现在，我就把这本书送给你们——这是一个词作家的人生情怀和背景音乐，祝你们开心快乐，幸福人生！

甘茂华

2018 年 6 月 30 日于宜昌市格子寨